灼陽のアルファと消えた花嫁

Nao Yurino
ゆりの菜櫻

CHARADE BUNKO

Illustration

蓮川愛

CONTENTS

プロローグ

「愛している――」

イルファーンはもう何度も囁《ささや》いたその言葉と共に、彼の真珠色の肌に唇を落とした。そのしっとりとした感触に心を奪われ、双眸《そうぼう》を細めると、腕の中にいる恋人がくすくすと笑う。

「愛の安売りはよくないな。君、今日だけで僕に何度、愛しているって言ってるんだ？」

「安売りなどではない。お前にしか私の愛は渡さないから、いくら金を積まれようが、お前以外、誰も手に入れることができない。むしろレアものだな」

「ははっ、レアものって……あっ……」

笑う彼の、その柔らかい耳朶《じだ》を唇で弄《もてあそ》ぶと、彼の肩がぴくりと動いた。それさえも可《か》愛《わい》くて、我慢できずに首筋を甘く嚙《か》んだ。

「んっ……」

イルファーンは彼の声に、唇の片端を持ち上げた。

「愛している、もう二度と手放さない。お前は私の運命のつがいだ」

「僕も――。イルファーン、愛している」

薄暗い寝室は、柔らかいオレンジ色のライトでベッドの周辺だけ照らされている。そのお陰で、イルファーンは愛《いと》しい婚約者の顔をしっかりと見ることができた。

「世界で一番愛しい人――」

イルファーンは指先で彼の前髪をかき上げる。美しく秀でた彼の顔が露《あら》わになった。その額にキスを落とす。そして続いて瞼《まぶた》、目頭、鼻筋、唇へと口づけた。どこもかしこもキスで埋め尽くして、彼に触れていないところなど、どこにもないようにしたい――。

「ははっ、君は犬か？　そんなに舐《な》めるなよ」

美しい彼が破顔する。それだけでイルファーンの心が華やぐ。

恋とは人を幸せにする魔法だと本気で信じてしまえるほどだ。

「私はお前の犬さ。忠実でお前の命令しか聞かない賢い犬だ」

「どこが賢い犬だ。駄犬だろう？」

「酷《ひど》いな」

少しいじけてみせると、彼がまた笑った。

「ふふ、まあ、残念ながら僕は駄犬のほうが好きなんだけどね」

そう言って彼からキスをしてくれる。

それはとても幸福で、光に包まれた記憶――。

「っ……」

イルファーンは現実に引き戻されるようにして、夢から目が覚めた。

もうすぐ夜明けを迎える時間のようだ。陽《ひ》の光が東の空に滲《にじ》み始めているのを目にして、イルファーンは額に手を置いた。

ベッドにはイルファーンが一人で寝ているだけだ。今はもうここに愛する人はいない。

「っ……」

目頭がじんと熱を持つ。

イルファーンはそのまま上半身を起き上がらせると、頬を濡《ぬ》らしたまま窓から白む空を見上げたのだった。

一

目が疲れたのか、モニターの数字がちらつき、玲《れい》はしばしの休憩でコーヒーを手に取った。その際、スマホにメッセージが入っていることに気づく。

「イルファーンからか。久しぶりだな」

玲は指先で画面をタップして文面を出した。しばらくメッセージを読み、思わず目を丸くする。

「こ、婚約者に逃げられたって……」

何度も読み返したが、内容に間違いはない。

「いやいや、その前にあいつが婚約していたなんて聞いていないぞ」

思わずスマホに向かって声を出してしまう。

イルファーン・ビン・サハド・カリファム。カシュラム王国の第二王子である彼とは、オックスフォード大学で出会ってから、卒業しても今なおつき合いのある同級生の一人だった。

少なくとも婚約したのなら、連絡くらいくれるべき間柄でもある。

彼と最後に会ったのは一年くらい前だった。その時に彼はまだ婚約していなかったはずだ。

「毎回驚かされるが、今回もまた突拍子もないな……。婚約した、じゃなくて、婚約者に逃げられた、だもんな」

玲は柔らかな茶色がかった黒い髪をかき上げた。

樺沢《からさわ》玲。大手菓子メーカー『ＫＡＲＩ』の社長令息でオメガだ。曾祖父が始めた小売業から成長した『ＫＡＲＩ』は今や日本でも有数の企業であり、その跡を祖父、父が継いでいる。そして今、長男である兄の真輝《まさき》がアルファに覚醒していることもあり、跡継ぎとして父の許《もと》で修業中だった。

玲は元々大学時代から投資をして一財産を築いていたこともあり、父の会社には入らず、現在も株とＦＸへの投資で生計を立て、趣味程度にアラビア語の翻訳も行っている。

家業に携わらない職業に就いたことは、父から不評であるが、稼ぎがかなりあるため、樺沢本家の人間として認めてもらっていた。

一方、母は、玲がオメガなので在宅で仕事ができることに安堵《あんど》している。

「浮気でもして逃げられたのか？　いや、あいつは軽薄そうな外見だが、真面目《まじめ》で浮気なんてする男じゃないしな……。う〜ん、来てほしい……か」

実は文面の最後には、玲にカシュラム王国に来て、話を聞いてほしいと書いてあった。イルファーンにしては珍しく弱気なメールだ。余程婚約者に逃げられたことにショックを覚えているのだろう。

不遜に見えても、意外とイルファーンはロマンチストだからな……。

玲はそのままスマホの画面をスライドしてスケジュールを確認した。

「……次の発情期までは一か月半か。今年は夏も休まずに働いていたからな。しばらく積極的な投資は休んで、休暇を取ろうか。秋から冬にかけてのカシュラム王国は季節的にはいいし……」

休暇を取る段取りをし始める。イルファーンは大学時代からの悪友だが、文面から伝わってくるほど落ち込んでいる彼をあまり見たことはなかった。

そんな彼が玲を頼ってきてくれることに、どうにか応じたいと思う気持ちが強くなる。

「発情期も考えて……、一か月くらいなら大丈夫かな」

長めにバカンスを計画した。自分の都合で長期の休暇を計画できるのも、会社勤めをしていないメリットの一つだ。

「あとは、翔太《しょうた》をどう宥《なだ》めるかだよな」

玲の弟、樺沢家の三男の翔太は、アメリカの大学に通う学生で、玲と同じくオメガである。今は夏期休暇で実家に戻ってきていた。

翔太はどうしてかイルファーンのことを毛嫌いしている。以前、翔太が玲の大学に遊びに来たことがあった。あの頃はイルファーンに対して友好的であったのに、玲が気づいた時にはイルファーンの悪口を言うようになっていた。

何かきっかけがあったんだろうか……。

翔太とイルファーンではあまり接点がないような気がするが、それでも二人の間に何かあったに違いなかった。

玲としては可愛い弟と悪友の仲が芳しくないのは少し残念に思いながらも、長期休暇に備えるため、まずはハイリスクな投資の売却準備を始めた。

ゴゴゴッ……という地面の感触と重力を躰《からだ》に感じながら窓の外に視線を遣ると、後ろに飛び去っていた景色が徐々にスピードを落としていく。やがて景色がほぼ停止したかと思うと、すぐにポンという軽い電子音が響いた。

『皆様、只今、ダハブサクル空港に到着いたしました。安全のため、飛行機が完全に停《と》まり、シートベルトの着用サインが消えるまではシートベルトを締めたまま、お席から立ち上がらないようお願い申し上げます』

日本語のアナウンスがかかった後にアラビア語のアナウンスも告げられる。

飛行機が着陸したのはカシュラム王国の王都、カシュムに一番近い空港、ダハブサクル国際空港だ。

やがてシートベルト着用のサインが消えると、多くの乗客が立ち上がり、頭上の収納ボックスから自分の荷物を取り始める。

ファーストクラスなので、そんなに慌てなくともすぐに外へ出られるのだが、少しでも早く目的地に着こうとするのは、誰しも同じらしい。皆、身なりをすでに整えており、降りるばかりになっていた。

そうしているうちに、ファーストクラスの乗客が出口に向かって歩き始める。玲も彼らに続いて通路を渡り、空港の建物に入った。目の前に飛び込んでくるのは美しい曲線や点で描かれるアラビア語で、一気に異国情緒が溢《あふ》れる景色になる。

久しぶりにカシュラム王国に来たな……。

弟の翔太の反対を押しきって来ただけあって、感慨深い。

実はカシュラム王国へ行くことを決めてからすぐに、翔太が玲のマンションに押しかけてきたのだ。

「反対だよ！　玲、カシュラム王国へ行くんだって？　どうしてあんな男がいる国へわざわざ行くんだよ。僕は絶対反対だからな」

くせ毛をぴょんぴょんと跳ねさせた弟は、開口一番『反対だ』と口にした。

「お前なぁ、来るなりなんだよ」

「それは玲が急にカシュラムへ行くって言うからだよ」

翔太が不機嫌を隠そうともせず文句を言う。

玲は長期にわたり日本を留守にするので、両親と兄弟にはメールで連絡を入れておいたのだが、案の定、翔太だけはメールに返信せずに直接やってきたのだった。

「ほらほら、人のバカンスの行き先まで口出ししない。僕はずっと働いていたんだ。ゆっくりしたっていいだろう？　カシュラム王国はうってつけじゃないか。リゾート王国で今、人気急上昇中だぞ？」

「……あいつがいるじゃないか。カシュラム王国には」

「あいつ？」

誰のことかわかっていたが、親友のイルファーンをあいつ呼ばわりされて、少し不服だったので、意地悪く聞き返してやった。

「……イルファーン、殿下」

翔太が言いにくそうにイルファーンの名前を口に出した。

「イルファーン？　そうだ、そういえば翔太、どうして急に彼をそんなに嫌うようになったんだ？」

ちょうどいい機会だ。玲は以前から気になっていたことを尋ねる。だが翔太はムッと口を歪《ゆが》ませた。

「……前からそんなに好きじゃない」

「そうだったか？」

こんなにあからさまに嫌っている様子はなかったように思うが、そうではなかったらしい。玲は内心首を傾《かし》げた。

「そうだよ。だから玲にもカシュラム王国に行ってほしくない。一緒にバカンスを過ごそうよ」

「ははっ、なんだよ、急に甘えて」

深く聞きたいところだが、話したくなさそうなのを無理やり聞くのも気が引ける。玲は軽く冗談を言ってこれ以上踏み込むのをやめた。

「ち、違うっ。そういうのじゃない」

翔太が顔を赤くして否定する。三歳年下の弟だが、まだまだ可愛いところがあり、微笑《ほほえ》ましく思った。だが彼の我儘《わがまま》を聞いてばかりではいけない。

「大体、僕がもしバカンスをやめたとしても、翔太、お前はもう大学が始まるからアメリカに戻るんだろう？」

「う……なら大学、少し休む」

「駄目だ。お前は夏休みが終わったら、大学に戻れ。僕はカシュラム王国でバカンスを過ごすよ。はい、この話はこれでおしまいだ」

「玲〜っ！」

抱きつく翔太を宥めて、どうにか日本を脱出した玲だった。


そういうこともあり、到着ゲートを出てアラビア語の看板を目にし、玲は無事にバカンスが始まることに感謝した。置いてきてしまった翔太には少し豪華な土産《みやげ》を買っていってやろうと考えていると声がかかる。

「玲！」

目を向けると、イルファーンが手を振っていた。

ミルクコーヒーのような肌に、玲と同じ黒髪であるが、少し茶色がかった玲よりも黒く、漆黒という言葉がぴったりな色をしている。精悍《せいかん》な顔立ちは相変わらずで、空港でも誰もが振り返るほどの男ぶりであった。

イギリスでも、もてていたもんな……。

そう思う玲も、つい彼に見惚《みと》れてしまう。

イギリスでの大学時代は、毎日顔を合わせていたし、卒業してからもしばらくはなんだかんだと月に一回は会っていたので、一年ぶりというのはとても新鮮だった。

それにしても、王子がこんな場所に無防備にいてもいいのか？　と一瞬思ったが、彼の後ろに何人かのSPが控えているのが見えて納得する。

そんな彼がどんどんと玲に近づいてきた。玲も久しぶりに会ったので気持ちが昂《たかぶ》る。

「イルファーン、久しぶり！　君が自ら迎えに来てくれているとは思っていなかったよ。一年ぶりくらいだろう？」

声をかけると、イルファーンがさりげなく玲のスーツケースや荷物を載せたカートを引き取りながら答える。

「……ああ、そうだな。一年ぶりかな」

イルファーンが少し考えた様子で答えた。どうやら前に玲といつ会ったか忘れているようだ。こちらはしっかりと覚えているというのに、だ。

「つれないな。僕といつ会ったか覚えていないなんて」

「はは、そういうわけじゃないが、いろいろとあったからな」

イルファーンが苦笑するのを見て、玲は咄嗟《とっさ》に自分が口にした言葉を反省した。彼が大変だった時に傍《そば》にいなかった自分が、こんなことで拗《す》ねる権利なんてないのだ。玲は気を取り直して、隣を歩く彼の背中を優しく叩《たた》いた。

「……あまり無理するなよ」

「ありがとう、玲」

イルファーンのふと緩む表情を見て、玲は改めて彼がかなり傷ついていることを感じる。いつもだったら図々《ずうずう》しいほど前向きな男なのに、こんな弱い面を見せられて、玲自身も心が痛くなった。

イルファーンの婚約者さん、どうして逃げてしまったんだろう。イルファーンが傷つくことを想像できなかったんだろうか……。

見たことのない婚約者に怒りさえ覚える。玲にとってイルファーンは大切な親友の一人で、彼の気持ちを考えないような人間に彼の婚約者になってほしくなかった。

玲とイルファーンが知り合ってから、六年くらい経《た》っているが、婚約者とイルファーンは知り合ってどれくらいだったのか気になってしまう。

玲がイルファーンと初めて会ったのは、イギリス、オックスフォード大学での課外活動だった。

課外活動でストーンヘンジに出掛けた時、彼も参加していたのだ。

最初は相手がアラブの王子ということを知らずに仲良くなった。結局、後から彼の身分を知っても、そんなことが気にならないほど意気投合し、次第に誰よりも近い親友となっていった。

アルファであるイルファーンは、やんちゃな面もあったが、オメガに覚醒した玲を差別なく同等に扱ってくれる紳士でもあり、大学時代はいろいろと助けられた。

だからイルファーンが助けを求めるなら、それに応えたいと玲はいつも思っている。

彼と最後に会ったのは一年くらい前だった。どうして急に会わなくなったか、理由がはっきりしないのだが、気づいたら時間が経っていたという感じだ。

「玲、こっちだ」

イルファーンの声で我に返る。

「エントランスに車を待機させている。ちょっと仰々しいが許してくれ」

「仰々しいって、どういう……」

最後まで言わずして、玲はその言葉の意味を理解した。空港の正面のエントランスには、黒塗りの特別仕様のキャデラックを始め、高級車が何台も連なっていた。しかもSPの数も半端ではない。

「……イルファーン、君、知らないうちに国王にでもなったのか？」

「いや、国王は相変わらず父上だ。いろいろと事情があって、今は警護が厳重になっている。少し不便なところもあるが、気にしないでくれ」

「気にしないでくれ……って、なんだかそう言われると、余計気になるんだけど」

玲は助手席から現れた従者らしい壮年の男性に後部座席のドアを開けられ、促されるまま車に乗り込む。続いてイルファーンも乗ってきた。すぐに車が動き出す。

「大丈夫だ。この国で一番安全な場所の一つが私の傍だからな」

「確かにこの車、アメリカの大統領も使っている車両と同等っぽいけど……イルファーン、何かトラブルに巻き込まれているのか？」

思わず聞いてしまった。そんなわけはないとは思うが、一応聞いておくべきだと思ったからだ。だが、彼は玲の予想に反して当たり前のように頷《うなず》いた。

「まあな。少しばかり王族を狙う犯罪組織の動きがある。だがお前を呼んだ手前、危険な目には遭わせたくないから、警備を強化したんだ」

な……。

躰から力が抜け落ちる。

そうだ、そうだった。こいつは肝の据わり方が一般庶民と大きく違っていたんだった。

納得したと同時に、彼の性格も思い出した。

「……君、そのことを僕にわざと黙っていたんじゃないだろうな？」

「ん？　言ったら、お前は来てくれないかもしれないだろう？」

お茶目にウインクをしてくるが、そんなことでお前の罪は決して軽くはならないぞ、と思いながらも諦めの溜息《ためいき》が零《こぼ》れる。

「はぁ……もう、一般庶民の僕には過酷すぎる」

「大丈夫だ。長い間、私の親友を続けられるお前は、かなり器の大きい男さ。どんな時にもへこたれないだろう？」

「それって誉《ほ》めてる？」

「誉めているさ。私が一番気に入っているお前の性格の一つだからな」

そう言って、イルファーンは玲のつむじに近い辺りに唇を寄せた。相変わらずスキンシップが激しい男であるが、昔からどんなに注意しても直らないのでスルーするしかない。

「……イルファーン、お手柔らかに頼むよ」

「そのつもりだ」

傲岸不遜とも受け取られ兼ねない彼の笑みに、玲は再び溜息をついた。

車は玲の気持ちに関係なく、砂漠の中に突如現れる王都へと入っていく。近代的なビルが建ち並ぶ街は、地震がない国だけあって、日本のものとは比較にならないほど、高く聳《そび》え立っていた。

そんなビル群の真ん中を貫く高速道路を進んでいると、欧米のどこかにいると勘違いしそうになる。だが、時々建物の合間から砂漠が見えることで、ここがカシュラム王国なのだと改めて気がつかされた。

窓から見上げれば、真っ青な空が高層ビル群に押しやられて小さく見える。どの建物の窓も、強い日差しが反射してぎらぎらと光り、日本とはまったく違う眩《まぶ》しさに目を細めた。

カシュラム王国——。アラブ諸国の中でも早くから脱石油を掲げ、多くの事業を積極的に推進している富裕国である。また出稼ぎの外国人も多く、カシュラム国民の三倍ほどの人口を外国人が占めていた。かなりの国際都市、王国である。

車は高速道路を下りて一般道路に入る。欧米の老舗《しにせ》ブランド店が並ぶメインストリートには大勢の人が溢れ、活気に満ちていた。

玲がイルファーンの案内を聞きながら、しばらく王都の様子を車窓から眺めていると、やがて近代的な都市の中に、伝統的アラビア様式の白亜の王宮が見えてくる。

「玲は以前にも来たことがあったよな」

「ああ、相変わらず立派だな。あそこに住んでいるなんて羨ましいよ」

大学時代、夏のバカンスで、一度イルファーンの実家に数名の友人らと遊びに来たことがあった。せっかく王子と友達になったのだから、王宮へ遊びに行きたいと、皆で計画したバカンスは、規模が一般庶民とは違いすぎて、皆で呆《あき》れて最後は大笑いして過ごした楽しい思い出の一つだ。

「立派だが、古くて生活に不便な場所もあるぞ。私にはお前のほうが羨ましいよ。一人で悠々自適に暮らしているんだろう？　我が国では大学卒業後、王子は結婚するまで王宮で暮らすしきたりがあるから、なかなか一人暮らしができない」

「それくらい君にも不便がないと、君を恨みそうになるから、それでいい」

「それでいいって……なんだ、それ」

プッと小さく噴き出してイルファーンが笑う。一年ぶりだというのに、会わなかった時間をまったく感じさせない気安さに、玲も昔に戻ったような気分になり、つい冗談も口を突いて出てしまった。

「まあ、そんなに僕が羨ましいなら、いつか僕の小さな城に君をご招待するよ、イルファーン」

そう言ってやると、なぜかイルファーンは玲から視線を外し、そうだな、と頷いた。


乳白色の大理石で造られた天井、壁、そして柱の一本一本にまで細かな彫刻が施されたイスラム様式の王宮を案内される。廊下に敷かれている絨毯《じゅうたん》も、きっと目の玉が飛び出るほど高価なものであるに違いなかった。

回廊に囲まれた中庭には、洋々と水をたたえる人工的な池があり、周囲の美しい建物を映し出す水鏡となっている。

玲は王宮の奥、王族のプライベートエリアへと迎え入れられた。しばらく歩くと大きなドアの前で立ち止まる。

「ここが滞在中のお前の部屋だ」

開けられたドアの先には美しい近代的な部屋が広がっていた。玲に合わせてか、イスラム式ではなくヨーロピアン風の家具が置かれている。しかもファブリックは玲がイギリス在住時代に気に入っていたウィリアムモリスの柄で統一されていた。ホテルのスイートルームよりも随分と豪華な内装だ。

「すごいな……。以前来た時よりも部屋が豪華すぎないか？」

「ああ、婚約者の部屋だったからな」

「え……」

なんとなく触れないようにしていた『婚約者』という単語をイルファーンにいきなり口にされてドキッとしてしまう。それと同時にこの豪華な部屋は玲のためではなく、婚約者のために設《しつら》えたものだと知った。

ははっ……だよな。僕のためにそこまではしないか。ちょっと勘違いして恥ずかしい。

心の中だけで苦笑する。

「そんな場所、僕が使っていいのか？　どちらかというと、他の部屋のほうがいいんだけど……」

「この部屋の隣が私の部屋だから都合がいいんだ。それに玲には一つ、どうしても頼みたいことがあって、それがここに住んでほしい理由でもある」

「はっ？　君、まだ僕に何か隠し事をしているのか？」

嫌な予感満載だ。こんな後出しの隠し事などに、いいものがあるはずない。

「まずは座って茶でも飲むか？」

イルファーンの声に、いつの間にかやってきていた使用人がテーブルの上にティーセットを用意し始めた。これもアラビアンコーヒーが玲の苦手なものの一つだと知っているせいか、紅茶にしてくれている。

こういうところがマメだから、ったく、憎めないんだよな……。

イルファーンは玲の扱い方をよく知っていた。伊達《だて》に大学時代から友人をやっていないということだ。

仕方なく玲は勧められた椅子に座った。テーブルを挟んでイルファーンと向かい合わせになる。改めて彼を正面から見つめて、大人の男になったなと変に感心してしまった。

「……それで、次の隠し事はなんなんだ？　これで最後にしてくれよ。大体、僕は君が来てほしいなんて、珍しく弱気なことを……あ、もしかしてそれも作戦か？」

そんなことに思い当たり、彼をちらりと見ると、彼が人の悪い笑みを浮かべているのが目に入った。

「フッ……お前が私の頼みに弱いことも知っているからな」

「悪魔め……」

どうやら完全に彼の思惑に乗ってしまったようだ。長年のつき合いで、こうなったら彼から逃げられないことはわかりきっている。無駄な抵抗をするのも疲れるので、玲はさっさと話を進めることにした。

「で、なんなんだ」

玲の性格を知っている彼も、その言葉を待っていましたとばかりに口を開いた。

「お前が本当に潔くて助かるよ。実は私の婚約者の振りをしてほしいんだ」

「へぇ……婚約者の……はぁっ？」

聞き間違いだろうか？。

そんな思いでイルファーンを見つめていると、彼がにっこりと笑った。不敵な笑みより怖い。

「ああ、婚約者の振りだ」

「どうして僕がっ」

つい立ち上がってしまうが、彼はいたって平静に答えてきた。

「お前にしか頼めないからさ。まあ、紅茶を飲みながら話を聞いてくれ」

仕方なくカウチに座り直す。

「実は一年前にオメガの青年と婚約をしたんだが、一か月前に逃げられたんだ」

「一年前に婚約……」

ちょうどイルファーンと会うのが途切れた時だ。なるほどイルファーンは婚約関連で忙しかったから、会えなくなっていたんだなと悟る。

「それで現在、その婚約者を捜しているところだ」

「捜しているのか？」

「ああ」

イルファーンのようなプライドも高い男が、逃げられても捜すほどという婚約者に、興味を持ってしまう。それと同時に、彼のその行動は、イルファーン自身や婚約者にとって幸せなのかと疑問にも思った。

「少し酷なことを言わせてもらうけど、その婚約者さん、君から逃げたのに、また連れ戻すのか？　それって婚約者さんにとって幸せか？　逃げ出すほど嫌っているんだ。諦めてやるのも、愛の一つじゃないのか？」

「違うっ！」

刹那、玲は彼の怒気を全身に感じる。いつも余裕さえ感じる彼が、こんなにも怒りを露わにするのは珍しかった。

「……イルファーン」

「っ……声を荒らげて悪かった。だがお前にだけは、そんなことを言われたくなかったんだ」

彼が消沈するのを目の当たりにし、玲はデリカシーが足りなかったと反省する。

「……いや、僕だって嫌なことを口にした。すまない」

「彼が逃げたのは——私が嫌いだからじゃない」

彼がぽつりと告げた。

「逃げたことはたぶん彼の本意ではない」

そう告げる彼の姿があまりにも痛々しく、そして寂しげで、玲でさえ胸が痛くなった。

婚約者に逃げられて、かなりのショックを受けていることを改めて思い知らされる。

「イルファーン……悪かった。よく知らずに勝手なことを言って」

「いや、いいんだ。私のほうこそ少し冷静さを欠いていた」

それだけイルファーンは婚約者を愛し、そして大切にしていたということだ。

「……お前に振りをしてもらいたいのは、婚約者が不在であることを対外的に秘密にしたいからだ。今回の婚約を快く思わない勢力があって、このことが明らかになったら、何を仕掛けてくるかわからない」

イルファーンの婚約に反対勢力がいることに驚いた。王子の婚約なら、誰もが祝福するという平和な考え方しか玲にはなかったからだ。

「君の婚約に反対している勢力があるのか？」

「ああ、もし婚約者の不在が公になると、詳しいことは言えないが、最終的に王位の簒奪《さんだつ》に進む可能性が高い」

「王位……」

　何か大変なことに巻き込まれつつあることを自覚する。

「玲、絶対お前を傷つけることはしない。必ず守る。だから婚約者としてここに滞在してくれないか」

「絶対とか、必ずとか、そういう言葉、あまり好きじゃないんだけど」

「ああ、そうだな。何事も絶対などということはない。だが、私はそれを成し遂げようと思っている。どんなことがあっても、だ」

　そう言って、イルファーンは玲を力強く見つめてきた。

「だが、僕は日本人だ。見た目をごまかすのは難しいぞ」

「婚約者は日本人だ」

「え？」

　その情報も初耳だった。玲の胸がチクりと痛む。自分と同じ日本人だという婚約者に、なんとも言えない思いが玲の中を駆け巡ったのだ。

　なんだろう、このモヤモヤ感……。

　きゅっと下唇を噛んでしまうと、イルファーンが申し訳なさそうに言葉を足した。

「……玲には言っていなかったな」

「僕と同じ日本人なら、余計にどうして僕に黙っていたんだ？　婚約のことも全然知らせてくれなかったなんて、水くさいじゃないか」

「言う時間がなかったんだ。他意はない。許してくれ」

「っ……」

許してくれと言われて、玲は自分がイルファーンを責める立場でないことに気づく。こちらだって一年も音信不通にしていたのだ。彼ばかり責められなかった。

「いや、イルファーン、謝らなくていい。親友だったのに、内緒にされていたような感じがして……ちょっと仲間外れにされた気分になっただけだから」

そうだ。親友である彼に、大切な人ができたのに紹介してくれなかったことに、少し寂しさを覚えたのだ。

玲は自分の中のモヤモヤ感を、そう理解することにした。

「日本人って……僕の知っている人か？」

「いや、面識はないと思う」

「そうか……知っている人だったら、人捜しに協力できたかもしれないのに」

「その気持ちだけでありがたい。それで、どうかな。私の婚約者の振りをしてくれないか？　こんな大変な役を頼めるのはお前しかいないんだ」

真摯に見つめられ、玲は大きく溜息をついた。腹を括《くく》るしかない。

「……断れそうもないな」

玲の返答に、イルファーンがあからさまに安堵する様子を見せた。余程切羽詰まっているのだろう。

「お前に断られたら、私の未来、いや、この王国の未来に暗雲が立ち込める」

「プレッシャーをかけるな」

「はは、すまない。だが、お前は私の命を懸けても守る」

イルファーンの手が伸びてきて、そっと玲の手に重ねられた。驚いて手を引こうとするも、彼に摑《つか》まれて逃げることができない。

「イルファーン……」

「婚約者なら、こんなことは当たり前だ。慣れてもらわないと困る」

「まだ了承していない」

「してくれるんだろう?」

小首を傾げて甘い瞳で尋ねてきた。この男は自分の魅力を充分承知しており、そして使いどころも心得ている。玲がなんだかんだとこの男に甘いことも知っていた。

「いつか恩を百倍にして返せよ」

「いつかどころか、今から返すさ。お前は我が国を救ってくれる救世主だ。国賓扱いさ」

「その言葉、覚えておけよ」

「ああ、ありがとう。玲」

イルファーンは誰もが見惚れるほどの笑みを浮かべると、それまで摑んでいた玲の手を持ち上げ、その手の甲に唇を寄せる。

「だ、か、らー！　こういう婚約者の振りは、一言前置きしてくれ。いきなりされると、こっちの心臓が保《も》たない」

「今日から婚約者になりきってもらわないと困るな」

彼が調子に乗って、唇を指先に滑らせる。玲は強く引っ張って自分の手を取り戻した。

「ったく、君は無駄に顔面偏差値が高いんだ。一年ぶりに会った僕では免疫が足りない」

「顔面偏差値って……」

喉を鳴らして笑うイルファーンを睨《にら》むと、彼がすまないと軽く謝罪し、手許の紅茶に口をつける。玲も紅茶を飲んだ。ふわりと花の香りがして、これも以前、イギリスにいた時によく飲んだ銘柄のものだと気づいた。口では強引なことを言うが、こういうところで、いろいろとイルファーンが玲を気遣ってくれているのがわかる。

「それはそうと、玲、お前は元気にしていたか？　少し前に倒れたとか聞いたが」

イルファーンがそんなことを知っていたことに驚く。倒れたといっても病気とかそういうものではなかったからだ。

「ああ、君の耳にも入っていたのか？　実は弟の翔太と買い物に出掛けた時に熱中症で倒れたんだ。普段インドアなのに、いきなり真夏の炎天下に出掛けた自分を恨んだよ」

本当にあの時は驚いた。実際自分が倒れた時のことはあまり覚えておらず、気づいたら病院にいたのだから。

「スマホの電話番号を変えたのは、そのせいなのか？」

「ああ、そうなんだ。倒れた時にスマホを落として壊してしまったらしい。で、なぜか目が覚めたら、電話番号も何もかも新しくなっていたよ。母が携帯会社に行ってくれたんだけど、どうも間違えて手続きしたみたいだ。イルファーン、番号の変更、きちんと登録してくれたよな？」

つき合いのある友人には一斉送信で、連絡を入れた。もちろんイルファーンにも、だ。

「ああ、したから、お前にメールができたんだろう？」

イルファーンが笑いながら答えてくれる。玲もその通りだと思いながら笑い返した。

「確かに。前の番号、愛着があったんだけど、母がしきりに謝るから、もう諦めたよ。手間をかけさせてすまない」

「そうだったのか。急に電話番号を変えるって連絡があったから、何かあったのかと思ったぞ」

その言葉に玲はピンときた。そういうトラブルがあったから、イルファーンは玲のことを思い出してくれたに違いない。

それでSOSのメールをしてきたのかな……？

一年も音信不通だと、連絡を取りにくい。母のミスがあったからこそ、イルファーンと再び連絡を取り合えたのかもしれない。

ちょっとだけ母に感謝した。

「熱中症で倒れただけなんだけどね。大げさなことになってしまった」

「無理をするなよ。体力なさそうだし」

「その通り。体力はない。ずっとモニターを睨んでいるような生活をしているからな」

「一時、意識がなかったんだろう?」

「まあ、意識がなかったというか、目が覚めたのが倒れた翌日だった」

家族全員に囲まれて、病院のベッドの上で目が覚めた時には、その状況に逆に驚いたくらいだった。

「気をつけてくれよ。で、翔太のほうは、熱中症にならなかったのかい?」

「翔太はぴんぴんしていたよ。まあ、でも僕が隣で倒れた時には驚いて、大変だったみたいだ」

「そうか。翔太もたまには役に立ったようだな」

イルファーンから翔太の名前が出て、少しだけ違和感を覚えた。翔太はいつの間にかイルファーンを嫌うようになったが、イルファーンはそうでもなさそうだったからだ。

翔太には聞けなかったけど、イルファーンに聞いてみるのも手かも……。

「なあ、イルファーン。うちの翔太と何かあったか？　あいつ、君に対して最近少し態度が変わったような気がして。喧嘩《けんか》とかした？」

「喧嘩？　別に何もないけどな」

「そうだよな。君と翔太が個人的に会うことなんて、あまりないよな……」

っ……。

なんとなく一つの仮定が思い浮かんでしまった。

イルファーンの婚約者が翔太だってことはないだろうか？　翔太もオメガだし……。

そんな話、二人から聞いたこともないが、親友であるイルファーンも、そして弟である翔太も、双方すぐには玲に報告しづらいかもしれない。

だが、婚約したのに黙っているなんてこと、あるだろうか？

余程のことがない限り、報告はしてくれるはずだ。それに玲とは面識がないと言っていた。それなら翔太のはずがない。

でも、何か余程のことがあったら――――？

「いや、まさかな……」

誰にも聞こえないほどの小さな声で呟《つぶや》いたというのに、イルファーンがその声を拾った。

「ん？　何が、まさかな、なんだ？」

「いや、その……あ、そう、君とまたこうやって一緒に生活する日が来るとは思っていなかったな、って思って」

「ああ、大学では玲とはハウスシェアまでしていたのにな。卒業したら、住むどころか会うことさえもなかなかできなくなってしまったな」

イルファーンが懐かしそうに双眸を細めた。玲も彼の表情を見て、大学時代のことを思い出す。まさかイギリスの大学に留学して、アラブの王子様と親友になるとは思ってもいなかった。

「お互い充実した日々を過ごしていたってことかな。イルファーン、今は国政に携わっているんだろう？」

「ああ、兄上と一緒に父上の補佐をしている」

イルファーンには兄、第一王子のマリクがいる。マリクはアルファで優秀な頭脳の持ち主であることはもちろん、政治的なバランス感覚などが優れているが、ただ一つ、躰が弱いらしく、寝込むことも多かった。それで第二王子であるイルファーンも王太子候補になっていると聞いたことがある。

「凄《すご》いな。大学を卒業して二年しか経っていないのに、すっかり王族っぽくなっている」

「ぼく、じゃなく本物で、前から王族だ」

イルファーンが突っ込んでくれる。本当に大学時代に戻ったようだった。

「あ、それと、僕が滞在できるのは一か月くらいだぞ。いいか？」

「ああ、最初からメールでその滞在期間だって言っていたよな。了解した。それまでに婚約者を見つけられるよう努力する」

「もしそれ以上、時間がかかるようだったら、一度日本へ帰るのも条件だ」

「わかった。その時になったら日本に一時帰国をしてもかまわない。玲には急に来てもらったんだ。確かに日本にやり残してきたものもあるだろうからな」

「でも用事が済んだら、またすぐに戻ってくるよ」

「頼む、玲」

自分の要求が通ってとりあえずホッとした。次の発情期までは一か月半だ。周期は乱れていないので、一か月前後の滞在であれば、発情期に入る前に日本へ帰ることができる。

発情期で、大学時代の時のように彼に迷惑をかけたくなかった。

「じゃあ、改めて。イルファーン、まずは一か月、君の婚約者の振りをするよ」

「本当に助かる。感謝してもしきれないよ、玲。この礼は必ず返す。あと滞在中は王族と同じ扱いをさせてもらう」

「それは楽しみだなぁ」

疑似王族ライフも楽しそうだ。何事も前向きに考えて、この身代わり作戦中も楽しい生活に変えればいい。

「イルファーン殿下、そろそろ……」

背後から声がした。玲が振り返ると、そこには従者の一人が困った顔をして立っている。するとイルファーンが嫌そうに彼に返答した。

「ああ、わかっている。玲、すまないが、実は今日はどうしても抜けられない会議が入っているんだ。夕飯は一緒に取れると思うから、それまで王宮でゆっくりしてくれ。何かあったらラシードを呼べ。彼を臨時にお前の護衛として傍に置いておく。好きなように使ってくれ」

「え、ラシードさんって、君の近衛隊長《このえ》だろう？　そんな重職に就く人を僕につけるなよ。緊張するじゃないか」

イルファーンには昔から最低でも護衛が二人と側近が一人ついていた。ラシードとはその護衛のうちの一人であり、イルファーンの近衛隊長でもあった。そのため、玲も昔から顔見知りだ。

「急だったから、他の人間を用意できなかったんだ。それともラシードに不満でもあるのか？」

「あるわけないだろう。ったく、僕を護衛させるような人材じゃないと思うぞ。彼にとったら降格だろ、はぁ」

「じゃあ、ラシードで決まりだな。私もスケジュールの調整をしている最中だから、近日中にお前と一緒に過ごせるようになるだろう」

「ああ、わかった」

玲はイルファーンから送られてきた一通のメールで、ふらりとカシュラム王国に来てしまった。だが、イルファーン本人は本当に玲が来るとは思っていなかったようだ。もし来ると確信していたなら、護衛はもちろん、スケジュールも前もって調整しているはずだ。

イルファーンが弱っているのに、見舞いにも来ないような薄情な奴だと思われていたのかな……。

一年間、音信不通にしていたツケが、ここに回ってきたような感じだった。

「じゃあ、夕食の時に」

イルファーンはそう言うと、すぐに従者と一緒に部屋を去っていった。忙しい合間を縫って玲を空港まで迎えに来てくれたのだろう。

「とりあえず、しばらく一人にしてもらってもいいですか?」

玲につき添っていた使用人に声をかけ、部屋から下がらせた。玲はそのまま部屋の探索をした。

部屋は二部屋あり、一つが今いるこのリビング。もう一つは寝室になっていた。他にもあるドアを一つ一つ開けて確認する。ウォークインクローゼットやシューズクローゼット、パウダールームに続き、バスルームがあった。

「すごい、壁一面ガラス張り……」

バスルームは景色を楽しむために壁一面がガラス張りになっており、その窓の先にはここが砂漠の都市だとは思えないほどの緑が溢れていた。まるで大自然の中にいるような感じさえする。

「これ、特殊なガラスだよな？　そうでないと外から丸見えだけど……」

丸見えと言っても、目の前は木々で囲まれており、誰かに覗《のぞ》かれる心配はなさそうではあった。

「お、バスタブもある」

大人二人ならゆったりと入れる大きな猫脚の白いバスタブに、湯と水が出るように蛇口がついていた。これも日本人だという婚約者のためにつけたに違いない。

「やっぱり追い炊き機能まではついていないか……。うん、高望みしすぎだよな」

大学時代、オックスフォードでフラットを借りる際、バスタブがある部屋を探すのが大変だった。もちろん追い炊き機能付きなど皆無だ。それにバスタブがついている部屋は他の部屋よりも賃料が高いため、なかなかシェアする相手が見つからなかったのだ。

あの時もイルファーンがいてくれて助かったな……。

イルファーンは交通の便がいいことを条件に、セキュリティがしっかりしているのはもちろんのこと、護衛や使用人なども一緒に滞在することもあって、屋敷丸ごと借り上げていた。玲はその屋敷でバスタブがある一室を借りていたのだ。

「懐かしいな……」

玲は早速バスタブにお湯を入れ始めた。長旅の疲れを癒《いや》すのは風呂だ。長い間イギリスに留学していても、入浴は玲のリラックスタイムでもあった。

「お湯を張っている間に、スーツケースの荷物を片づけるか……」

荷物を解いて、先ほどのウォークインクローゼットに自分の衣類や靴をしまう。大した量ではないので、すぐに済み、バスルームを覗いて湯量を確認した。まだ半分くらいしか入っていない。

「日本の水圧が恋しい……。だけど、もう待っていられないよな。まあ、これだけ入っていればいいか。後は入りながら湯量を調節しよう」

玲は我慢できずに衣服を脱ぐと、そのままバスタブに身を投じ、寝そべるようにして肩まで湯に浸《つ》かった。

「はぁ～、生き返る～」

目の前には青々とした緑の景色。心が休まる。

「イルファーンの婚約者さんもこうやってリラックスしていたのかな……」

先ほどクローゼットに衣類を片づけていた時、婚約者のものだと思われる民族衣装や宝飾類が隅にしまってあるのを目にしてしまった。イルファーンが贈ったものであろう。

「切ないな……なんだろう、この気持ち、説明がつかない」

イルファーンが玲の知らない誰かと愛を育《はぐく》んでいたと思うと、胸が締めつけられるような寂しい気分になる。

「やっぱり内緒にされていたことに結構傷ついているのかな……」

天井を見上げた。二年前までは常に傍にいた男だ。お互い知らないことはないほど、いつも一緒にいた。だがたった二年のうちにそれは大きく変わり、知らないことだらけの関係になってしまったことに気持ちが慣れない。

内緒にされたと玲は感じたが、イルファーンにとっては、連絡し忘れたくらいの感覚に違いない。そして親友といえども、連絡がなかったと傷つくのではなく、そういうものだと割りきらなければならないのもわかっていた。

「一年の音信不通は大きかったな」

卒業して一年くらいは頻繁に連絡し合っていたが、それからは二人とも忙しさにかまけて連絡を取らなかった。イルファーンの場合は恋人もできたのだから、玲に連絡をする時間などますますなかったと思う。

「でもこうやってまた彼と会う機会ができたし、婚約者さんも含めて、これからもいい関係を続けていけたらいいと思わないとな……」

大学時代から続いている彼との関係を、玲は簡単には失いたくなかった。

＊＊＊

イルファーンが公務に戻るために側近のルファドを伴って執務室へ向かっていると、男が近づいてきた。老臣の一人、サフルだ。イルファーンが幼い頃から、世話になっていた忠臣のため無視はできなかった。

「イルファーン殿下、このたびは婚約者様の無事のご帰還、まずは誠におめでとうございます」

もう婚約者のことが彼の耳に入ったようだ。この分だと王宮中に知れ渡るのも時間の問題だろう。

「サフル大臣、心にもないことを言いに、わざわざ来たのか？」

サフルは、イルファーンを王太子に望む一派の人間で、本来、日本人の婚約者を快く思っていない。

王の正妃は同じアラブの血から選ぶのが慣例となっており、イルファーンが正妃を日本人にすることで、王となる資格を失いかねないと考えているのだ。だがイルファーンは逆にその考えを利用して、王太子になることをわざと避けていた。

王太子になる、そして国王になるということは、国の繁栄のために正妃の他に側室も娶《めと》ることが義務とされる。イルファーンは婚約者以外、誰も娶る気はなかった。それゆえに王太子になるわけにはいかなかったのだ。

アラブの血から選ぶという風習は、婚約者だけを愛して生きたいと思うイルファーンにとって、実にいい言い訳となった。

「お兄様であられるマリク殿下側の人間は皆、この事態に喜びましょうな」

「王位には興味がないから、別にかまわない。兄上が王になることを私は望んでいる」

すると急にサフルが真剣な表情をした。

「殿下、マリク殿下も優秀ではございますが、お躰が昔から丈夫ではございません。もしかしたらお子が生まれる可能性も低いやもしれません。このカシュラム王国の未来を案ずるなら、しばしお考えを改めていただけませんか？」

「兄上を不能扱いするとは不敬ではないか？　サフル、お前が先王の時代からの忠臣でなければ、即刻蟄居《ちっきょ》を命ずるところだ。先王の恩恵に感謝しろ」

婚約者のことであまり追及されたくないのもあり、話を早く切り上げたくて踵《きびす》を返すが、サフルはそれを許してはくれなかった。

「殿下、私は本気で案じているのです。このままでは王宮は二分されてしまいますぞ。国が乱れてもいいのですか？」

「お前のような考えを持つ者がいるから国が乱れるのだ。兄上に子ができようが、できまいが、兄上が王になることに問題はない。兄上の跡継ぎについては、その後でいいだろう。元々我が国は長子が継ぐという規定はない。王位継承権を持つ王子の中で、最も優秀な王子が後継者になるとされているのだ。兄上の子供かどうかは関係ない」

「しかし殿下……っ」

なお、言い募ろうとする老臣をイルファーンは制した。

「私は兄上と王位を争ったことは、今までに一度もない。お前たち外野が騒いでいるだけだ。不穏な動きはお前たちのその諍《いさか》いから生まれることを知るがいい」

「ですが、殿下。そのような態度を取られていると、あの聖団の輩《やから》のように、殿下を王太子にしたい誰かが、婚約者様のお命を狙うという事態になりかねません」

聖団――――。

神の声が聞けるという古《いにしえ》の秘術を使うまじない師を崇拝する集団だ。

そのまじない師が半年ほど前、カシュラム王国の次期国王は第二王子、イルファーンだと神から託宣を受けたと言い出したのだ。そのため国王の妃《きさき》として相応《ふさわ》しくない日本人の婚約者を殺そうとしてきた。

「また狙われたらどうされるのです！」

「対処するのみだ」

以前から何度も聞かされている話に、冷ややかに返答すると、サフルが何かに気づいたような顔をした。

「っ……まさかと思いますが、婚約者に代役を立てられたのですか？」

イルファーンはそんなことを安易に口にするサフルを睨んだ。

「サフル、私の婚約者がもしも命を落とした場合、私は誰とも結婚はしない。子を作ることもしないだろう。私の血はこの代で終わらせる。そのことをお前も含め、充分臣下に言い聞かせろ。私を説得しようとしても無駄だ。私は兄上のサポートに徹する。そのほうが国も上手く纏《まと》まる」

「……殿下」

王宮内でも、ここ最近、急に兄のマリク派とイルファーン派が揉《も》め始めていた。

なんとも、嫌な感じがするな……。

急という点にも違和感を覚える。例の聖団が裏で糸を引いて、王国の分断を狙っているのかもしれない。

どちらにしても、兄が王太子になり聖団が片づくまでは、気を抜けない状況であることに間違いはなかった。

Ⅱ

玲がイルファーンと出会ったのは、大学一年生の時だった。親睦を兼ねての課外授業でストーンヘンジに出掛けた際、偶然一緒になったのだ。

ストーンヘンジは紀元前三千年から紀元前二千年の遺跡で、巨石文明の中でも特に有名なものの一つである。

円陣状に巨石が並べられ、多くの古代文明にも共通して見られるように、夏至と冬至には太陽の光が中央の祭壇の石に差し込むようになっていた。

今でも造られた目的がはっきり解明されていないことでも有名である。

「小っちゃい……」

玲はストーンヘンジを初めて生で見て、思わず呟いてしまった。

今まで写真で見ていたこともあって、勝手にストーンヘンジを、かなり大きいものだろうとイメージしていたのも悪かったのだが、ちょっと期待しすぎたようだ。

玲ががっかりしていると、すぐ傍でプッと噴き出すような笑い声が聞こえる。振り返ると、そこにはアラブ系の青年が立っていた。

「正直だな。まあ、私も同じことを思ったんだが」

「やっぱり君もそう思ったか」

初対面だが、この課外授業に出席している学生ということは、玲と同じ新入生のはずだ。

「イルファーン・ビン・サハド・カリファムだ。イルファーンでいい。君の名前は？」

いきなり自己紹介をされ握手を求められる。玲は慌てて彼が差し出してきた手を握った。

「僕は樺沢玲。玲って呼んでくれ」

「玲、か。東洋人にしては呼びやすい名前だな」

「呼びやすさは偶然かな。美しい石や金属が触れ合って出る清らかな音、って意味があるらしくって、母が強引に決めたって聞いている」

「ふぅん、君にぴったりな名前だな」

お世辞だとわかっているので、どう応えていいかわからず苦笑してごまかすと、イルファーンはそのまま言葉を続けた。

「私の名前には、親切、善行という意味があるんだが、君とは違って、まったく私とは逆の意味になってしまっている」

「まったく逆の意味って……僕に話しかけて同意してくれたりするところは、親切な人だなって思ったよ？」

その言葉にイルファーンは少し驚いた顔をして、すぐに相好を崩す。
「まともにそんなことを言われたのは初めてだ。おかしな奴だな」
「そう？　おかしいかな……」
まだイギリスに来て数か月、おかしいと言われたら、おかしいのかもしれない。すると
イルファーンが今度は困ったように笑った。
「いや、すまない。そのままの意味で受け取らないでくれ。まあ……ありがとう、嬉《うれ》しい
という意味だ」
天邪鬼《あまのじゃく》なところがあるのかな……。いや、今で言う『ツンデレ』というやつかもしれ
ない。
「そうやって教えてくれるところも、君ってやっぱり親切だね」
「意外と君はイジるタイプだな」
イルファーンはそう言いながらも、それからも楽しそうに玲と一緒に行動した。
課外授業は、普段は立ち入りが禁止されているエリアにも入ることができる。もちろん
遺跡に触ることは禁止されているが、すぐ近くで巨石を見ることができた。
そうやって間近で遺跡を見ているうちに最初に抱いた『小さい』というイメージは吹き
飛び、偉大な古代文明の息吹《いぶき》を感じるものへと変わっていった。
凄いなぁ……。この遺跡を造った人たちは、何を叶《かな》えようとしていたんだろう……。

石にダウジングのロッドを近づけてその石のパワーを感じたりするヨーロッパらしい体験もし、課外授業が終わる頃には、玲はイルファーンとすっかり仲良くなっていた。

課外授業がきっかけで大学に戻ってもイルファーンとの交流は続くことになる。実は同じ学部で、同じ講義を受けていることが多いと判明したのもあり、ほぼ一緒にいるようになった。

彼がカシュラム王国の第二王子で、しかもすでにアルファに覚醒済みのエリートだと知った時はかなり驚いた。バースが未覚醒の玲にとって、何もかも気後れする身分である。だが、彼自身は変わらず玲に接してくれたので、それもいつの間にか普通のことになっていった。イルファーン曰《いわ》く、王子という身分を明かしても、態度を変えずに明るく言いたいことを言う玲を――玲はそんなことはないと思うのだが――気に入ったとのことだ。

そして二年生になって、玲は大学の寮を出てフラットを借りて住むようになる。

「どうした？　玲」

フラットに住み始めて半年が経ち、再び玲が学生課の掲示板でフラットシェアを募集しているチラシを見ていると、イルファーンが声をかけてきた。

「うん、見ての通り、部屋を探している。アプリにも登録してチェックしているんだけど、なかなかなくて、こっちも見に来たんだ」

「探しているって……今住んでいるところ、何かあったのか？」

「フラットメイトが彼女と住むって言って出ていったから、誰かいないかなって探していたんだけど、今のフラット、バスタブ付きで他にも水回りが快適なせいで、賃料が相場より少し高いんだよ。それで新しいフラットメイトがなかなか見つからなくて。いっそのこと僕も今のところから引っ越そうかと思って、バスタブ付きの部屋のフラットメイト募集はないかなって探していたんだ」

「お前、本当にバスタブに拘《こだわ》るよな……」

イルファーンが呆れた目で見つめてくる。

「だって寮を出たのも、しっかりお風呂に浸かれなかったからなんだぞ」

寮には共同のユニットバスがあるが、何しろ人数が多いので、ゆっくりと入ることはできない。

一年生は寮に住まないといけないという規則があるので玲も我慢したが、二年生になったら絶対にバスタイムを満喫できるフラットへ引っ越そうと決めていたのだ。

他の日本人はどうか知らないが、玲にとってお風呂はなくてはならないものだと、海外に滞在したことで初めて気づいた。

前回はどうにかいい物件を見つけ、フラットメイトも確保したのだが、わずか半年でフラットメイトが彼女のフラットへ引っ越すことになってしまった。

「はぁ……。次のフラットでも絶対、温かいお湯に肩まで浸かって、ゆっくりしたい」

「いい部屋が見つかるといいな」

「ありがとう、イルファーン」

そうしてそれから半月後、玲はどうにかバスタブ付きフラットのメイト募集を見つけて引っ越したのだが、その三カ月後にはまた引っ越す羽目になった。

再び玲が学生課の掲示板でチラシを見ていると、イルファーンが声をかけてきた。

「今度はどうしたんだ、玲」

「いや……君には言ってなかったんだけど、実はフラットメイトが厳しい人でね。夜十時以降のバスルームやキッチンの使用を許可してくれないんだ。僕のストレスが溜《た》まっちゃって引っ越すことにしたんだ。はぁ……引っ越し費用も莫迦《ばか》にならないのに。やっぱり快適なバスタイムは諦めて寮に戻ろうかな……」

それが一番いいかもしれない。そんなことを考えていた玲に、イルファーンが思いも寄らないことを口にした。

「実は私も近々寮を出る予定だ」

「え⁉　君もいよいよ寮を出るのか？」

イルファーンは王子であるが、意外と寮に馴染んでいたし、寮を出るという話も耳にしたことがなかったので、ちょっと驚く。

「私も護衛や従者の関係で寮を出ようとかなり前から動いていたんだ。それでやっといい物件を手に入れることができて、近々引っ越すことになった。そこで玲、私とフラットシエアというか、ハウスシェアしないか？」

「ハウスシェア⁉　いやいやいや、君が住むような屋敷、シェアするなんて無理だぞ」

「交通の便がいいことと、セキュリティがしっかりしている屋敷でなければいけなかったから、高額になるのは私の都合だ。だから玲がもしシェアメイトになるのなら、一室分だけの賃料でいいぞ」

「一室分！　あ……バスタブ、ついているかな？」

そこは大事とばかりにイルファーンに尋ねると、彼がプッと噴き出した。

「そこがやはり気になるのか。大丈夫だ、心配するな。ついている部屋をお前に貸すよ」

「う～っ。ちょっと待って。急な好条件出現で理性的に判断できない」

「迷う必要あるか？　お前にとっていい条件しかないと思うが？」

「でも、一国の王子様に一般庶民がそこまでお世話になっていいのか？」

一応、大手菓子メーカーの社長令息ではあるが、所詮、日本の一企業でしかない。『アラブの王子様』とは格も何もかも違った。

「お前は、ルファドやラシードにも受けがいい」

ルファドはイルファーンの乳兄弟《ちきょうだい》の従者で将来側近になる予定の青年である。ラシードは護衛を任されている青年将校だった。

「受けがいいって……」

「父上にも気に入られているぞ」

「えっ！　どうして君のお父さんにまで僕のことが知られているんだ？」

　初耳だ。父上というのは、もちろんカシュラム王国、国王のことだ。国王に自分のことが知られていると思うだけで緊張してきた。

「ルファドが父上に私の学生生活の様子を報告しているからな。そこにお前の名前が出るのは必然だろう？　お前の真面目さや勤勉さは、さすが日本人だと感心されている」

「日本人を美化しすぎだぞ」

「まあ、確かにそれもあるが、父上は日本の昔のドラマに嵌《はま》っていた年代でもあるから、日本贔屓《びいき》なんだ」

　アラブで人気なのはアニメだけではない。昔から公共放送で放映されていたドラマなども大人気だった。

「で、玲、ハウスシェアはどうする？」

「本当に迷惑にならないか？」

「ならないさ。どうせ余っている部屋だし。無料で貸してもいいけど、玲のことだ、それは嫌だろう？」

「それは絶対駄目。そんなことされたら、余計、君のところに行けないよ。親しき仲にも礼儀あり、だ。あまり高くても困るけど、立地に見合った家賃は出すよ」

びしっと言うと、イルファーンが楽しそうに笑った。

「ははっ、そういうところがルファドやラシードに気に入られているんだよ。大体、私と口を利いただけで、私と親密になったと勘違いして、他の学生に対して横柄な態度を取る輩がいるだろう？」

「ああ……」

思わず頷いてしまう。いわゆる『虎の威を借る狐《きつね》』のような人間が意外といた。勝手にイルファーンの名前を出して優位に立とうとするのだ。

「そんな奴らを見た後で、お前と接するとホッとするよ。お前は私を利用しようとしていない。ちゃんと一個人として、友人として見てくれてるんだってな」

「まあ、最初、君が王子だなんて全然知らなかったからな。知った時にはもう友人だったから、態度の変えようもない」

「そういう潔いところが玲のいいところだ。私も父上と同じように日本贔屓になりそうなくらいにな。ということで、いつ引っ越してくる？」

「いつって……う……じゃあ、お世話になります」

目の前にバスタブをぶら下げられたら、なかなか断れない。

「よし、決まり。私は今週中には引っ越しを終えるから、お前は来週早々に引っ越してこいよ。あと、ついでにうちでバイトをしないか？」

「バイト？　でもうち、大学外でのバイトは禁止されているぞ」

「ああ、すまない。言葉が足りなかったな。実は家を借りたのはいいが、図書室もあって、そこの本が整理されていなくてね。簡単でいいから整理してくれる人を探しているんだ。もしその仕事をしてくれるのなら、その対価として家賃はなしでかまわない。それなら住み込みで手伝ってもらっているという形になるだろう？」

　玲は今、大学内にある購買部でバイトをしているが、授業の後にシフトに入ると、遅くまで働くことが多くなっていた。もしイルファーンの屋敷で本の整理をするなら、そこに住むことになる玲にとって、移動時間ゼロ秒の魅力的な条件になる。

　しかも労働の対価として家賃が無料になるのは、ありがたい話だった。

「願ってもいない条件だけど……」

「ああ、それと食事付きだ。シェフがいるから私の食事と一緒にお前の食事も作らせよう。どうせ一人分も二人分も変わらないからな」

　怒濤《どとう》の好条件ラッシュだ。こんな好条件な待遇、何か裏がありそうだが、相手はイルファーンだ。あるわけがなかった。

「至れり尽くせりすぎて、申し訳ないくらいの条件だけどいいのか？」

「別に申し訳なくない。私の屋敷は余っている部屋があるし、図書室も乱雑に本が入っていて困っていたんだからな。私もお前に部屋を貸すことで一石二鳥だ」

イルファーンはそんなことを口にしたが、彼の気遣いに玲は気づいていた。玲が遅くまでバイトをしていて、勉学に皺寄《しわよ》せが来ているのを彼は知っている。そのため、玲が気軽に承諾できるようにわざと仕事を宛がってくれたのだろう。

いい奴だ……。僕が負担に思わない程度に気遣ってくれる。イルファーンにはいつか恩を返したい……。

玲は改めて心に決めた。

「……ありがとう、イルファーン。その仕事、ぜひやらせてくれ」

そうして玲は購買部のバイトを辞め、イルファーンの屋敷で本の整理をしながら住むことになった。

「玲、そろそろ夕食の時間だぞ」

授業から戻り、図書室の整理に精を出していた玲を呼びに、イルファーンがドアから顔を覗かせる。

屋敷ではアラブの民族衣装でいることが多い彼だが、それはそれで似合っていてかっこよかった。

「あ、もうすぐきりがつくから」

とりあえず、玲はまずは本のタイトルや作者をデータ化することにして、本の情報をパソコンに入力していた。これが終わってから、この入力データを元にして書棚を並べ替えようと思っている。時間があったらフィルムを貼って、本の保護もしたいところだ。

実は小学校、中学校と、玲は図書委員だったので簡単な本の修復もできた。

「お前がそんなに真剣に取り組んでくれるとは思っていなかった。もしかして購買部の店員のほうが負担がなかったか？」

イルファーンの言葉から、やはり玲を心配してこの仕事を紹介してくれたことがわかる。

「全然負担じゃないよ。好きなことがやれて、つい精を出してしまうんだ。気にしないでくれ。さ、できた。ご飯、食べに行くよ」

だとしたら、玲はできるだけイルファーンに心配をかけないよう、無理をせずに図書室を整理していくのを第一で考えようと思った。

図書室には、亡くなった以前の屋敷の持ち主の蔵書がかなり残っている。相続人が処分しようとしていたのを、イルファーンが蔵書付きで買ったのだそうだ。

「最近、食欲が落ちてきているから、日本食を用意したとシェフが言っていたぞ」

「日本食を⁉」

そうなのだ。夏でもないのに、玲は最近夏バテのような症状に悩まされていた。躰がだるくて、芯が熱いような感じがして食欲がない。しかも大好きな肉を見ても、途中からはどうにかして口に入れて残さないよう頑張っている状態だった。

「嬉しいな。さっぱりしたもののほうが、胃が受けつけそうだ」

「バース覚醒が近いのかもしれないな」

「え……」

「私も覚醒前は体調を悪くした。私たちの中に組み込まれたバースが変異するのに、躰がついていかないんだ」

「いよいよ僕もバースが決まるのか……」

バースの覚醒は、時々異様に早かったり遅かったりする人もいるが、大体、二十歳までに決まる人間が多い。玲もそろそろ覚醒するはずだった。

真輝兄さんがアルファに覚醒したのって二年前だったよな……。

二歳年上の兄も同じく、玲の年齢の時に覚醒していた。

「少し不安になってきたよ……バースでほぼ運命が決まるといっても過言じゃないし」

「ああ、そうだな」

「そういえば、アルファの一部の人間は、覚醒を控えている人間のバースがわかるって聞いたことがあるけど、イルファーン、僕のバース、わかる？」

尋ねると、イルファーンが少し考えた様子を見せ、口を開く。

「そうだな……わからないな。私にはそういう能力はないようだ」

「そうか……。うう、不安」

思わず頭を抱えると、イルファーンが優しく玲の肩をぽんぽんと叩く。玲はバース覚醒に対する不安が少し薄れたような気がした。

「イルファーン……」

「大丈夫だ、玲。お前がどんなバースになったって、私たちの仲は変わらないし、何かあったら助けてやる」

「うわ……イルファーンが凄く頼もしい存在に思えてきた」

「今までは思っていなかったのか？」

「いえ、思ってました」

自分でも驚くほど棒読みになってしまい、玲が苦笑すると、イルファーンも気づいたようで、片眉を跳ね上がらせた。

「……思っていなかったな。せっかく日本食まで用意した私を信頼していなかったとは、悲しいぞ」

イルファーンが本気で悲しそうな顔をしたので、玲は慌てて説明する。

「いやいやいや、本当のことを言うと、僕は親友だからこそ、君に過剰に頼ることを前提にしていないんだよ。できることは自分でしたいし、君を都合のいい人間みたいに扱いたくないんだ。無理だとわかっているけど、できるだけ君と対等にいて、君が困っている時は僕も助けたい。親友ってそういうものだろう？」

「……玲、お前の親友の心構え、ちょっと感動したぞ」

「そこはしっかり感動してくれ」

玲の突っ込みに、イルファーンは声を上げて笑ったのだった。


しばらくは玲も何事もなく、イルファーンの屋敷の部屋を借りながら、彼と一緒に大学へと通う毎日が続く。

玲が借りている部屋の他にも使われていない部屋がいくつもあったが、その部屋を他の誰かが借りることはなかった。

側近のルファドの話によると、イルファーンはあまり騒がしいのが好きではないらしい。そのため必要以上に人を入れることはないとのことだった。そういう理由もあって、実質、大きな屋敷に使用人を除けば二人暮らしだ。

そんな……。僕がバスタブ、バスタブと騒いだせいで、もしかしてイルファーン、無理に声をかけてくれたんじゃないだろうか……。

「ルファドさん、僕、イルファーンの負担になっていたりするんでしょうか？」

「いえ、そんなことは絶対ありませんよ。玲様は元々騒がれる方ではないですし、何事においても常識的な行動をされる方です。殿下だけでなく我々も玲様と共に生活できることを、楽しく感じております」

ルファドの笑みに嘘《うそ》は感じられず、ホッとする。

「それならいいんですが……」

「それより、玲様。体調のほうはいかがですか？　食は相変わらず細いようですが」

ここのところ玲は食欲がなく、時々ふらつくことさえあった。

「イルファーンが言うように、そろそろバースの覚醒が近づいているのかもしれません。病院に行っても同じことを言われました」

玲もなるべくこの屋敷と大学の往復だけの外出にしていた。アルファやベータに覚醒するならまだしも、万が一オメガに覚醒したら、しかもそれが街中だったら目も当てられない。誰かに襲ってくださいと言っているようなものだった。

「そうですか。図書室の整理もあまりご無理をされませんように。覚醒前後は体調を崩しやすいですから」

「ありがとうございます。気をつけます」

玲はルファドに礼を言うと、図書室へと入った。イルファーンは大学の授業の他に、帝王学を家庭教師から学んでいるので、この時間は玲とは別行動になる。

そのためこの図書室を使う人はしばらくいない。玲はずるずると床に座り込んだ。

躰が熱い……。

本当はルファドと話しながら歩いている時も躰がだるくて堪《たま》らなかった。

もしかしていよいよ覚醒するのか――？

そっとシャツのポケットに忍ばせていたオメガ用の抑制剤を確認する。

こんなふうにオメガへの覚醒の対策をするのは本意ではなかった。だが、母がオメガなので、どうしても他の人よりもオメガの覚醒確率が高くなるのは事実だ。

玲は壁に背を凭《もた》れさせ、どうにか床に倒れ込まないようにした。

はあ、はあ、はあ……。

呼吸が次第に荒くなる。自分でもどうしていいかわからなくなってきた。

誰かを呼んだほうがいいんだろうか……。

だがすぐにその考えを否定した。この時間、皆が忙しいはずだ。覚醒するかどうかわからないのに、誰かを呼ぶのは躊躇《ためら》われる。

ベータに覚醒するなら何も問題はない。アルファの覚醒も人を威圧するオーラを最大級に放つらしいが、それもどうにか自分で制御できると習っていた。

だが、オメガへの覚醒だけは自分ではどうにもできないらしい。突然発情して、周囲の人間を誘惑するフェロモンを放出してしまうのだ。

オメガの覚醒率は三パーセント。たとえ母親がオメガであってもせいぜい五パーセントに上がるだけだった。

もう少し様子を見てからにしよう。オメガになる可能性なんて、絶対に低いし……。

玲は後頭部を壁につけて天井を見上げた。天井には見事な絵画が描かれていた。パリのオペラ座の天井画と似ており、見惚れる。こんな素敵な天井画、いつの時代のものだろう……。

そんなことを思いながら天井画を見つめていると、ぐらぐらと視界が揺れ出した。そしてすぐに辺りが急速に回り出す。

眩暈《めまい》——っ。

目を瞑《つぶ》った時だった。物凄い勢いで図書室のドアが開いた。

「玲っ！」

目を瞑っていてもわかる。この声はイルファーンだ。

「イル……」

「くっ……すごいフェロモンの香りだ」

フェロモン……？

「寝室へ行くぞ」

そう言うや否や、荷物のように乱暴に担がれる。

「あっ、イル……っ」

抵抗もほとんどできず、彼にされるがまま図書室を出る。廊下にはルファドやラシード の姿が見えたような気がしたが、肩に担がれているため、揺れの激しさで確認がしっかり できなかった。

「殿下！」

「ルファド、私はこいつと寝室に籠《こも》る。誰も近づけるな。食事などもドアの外に置いてお け」

「かしこまりました」

「ラシード、お前もしばらくはドアの外で待機だ」

「御意に」

イルファーンが的確に指示を出していくのを、玲はただぼうっと遠くの出来事のように 聞いているしかない。何もかも一枚フィルターがかかったような感じがした。

「玲、もうすぐだ。我慢しろ」

何を我慢するというのだろう……？

イルファーンの言葉の意味もわからなくなってきていた。ただ、もう頭が熱で思考を停 止し始めている。

あ……イルファーンから、何かいい香りがする……。

ふわふわとした気持ちで玲はイルファーンの首筋に鼻を埋《うず》めた。

イルファーンの寝室に連れてこられたかと思うと、大きな天蓋付きのベッドに下ろされる。さすがは王子の寝室だ。よく見えなくとも豪華なことは肌で感じた。

「大丈夫か？　玲……」

腫《は》れものに触るようにイルファーンがそっと玲の頬に触れてくる。それでようやく先ほどの激しい眩暈が治まっていることに気づいた。

「眩暈は……治まった……っ……」

「よく聞け、玲、お前はオメガに覚醒した」

「オ……オメガ……っ……」

そのバースの名前を聞いた途端、背筋にぞくぞくっとした痺《しび》れが走る。そのわけのわからない疼《うず》きに口を開けて喘《あえ》ぐと、イルファーンが唇を重ねてきた。何かを飲まされる。

「んっ……」

「うっ……」

「抑制剤だ。発情を少し楽にさせるものだが、初めての発情には効果が薄い」

アルファ対象のバース講座を受けているのか、イルファーンはオメガへの対処の仕方が的確であった。

「イル……ファーン……、僕っ……あ……どうしたら……っ……」

「私がお前の発情を鎮める」

「な……」

それがどういう意味か、さすがの玲でもはっきりわかった。

「これじゃなくて、もっと……きつい抑制剤が……念のために母から貰《もら》って……るから……僕のシャツの……ポケットに……」

「駄目だ。大体想像できるが、その薬は緊急事態用で、躰への負担が大きいし、常用すると子供が産めなくなる可能性が高くなる。そんなものをお前に飲ませられない」

その通りだった。母からも万が一、突然オメガに覚醒したらと、お守り代わりに貰っていた薬だった。なるべく飲まないようにとも言われている。

「イルファーン……」

玲が縋《すが》るように彼の名前を呼ぶと、彼の双眸が細められる。今まで優しそうに見えた顔が、少し怖く感じた。

「大丈夫だ。挿入したりはしない。お前の気持ちがいいことしかしないから、安心しろ」

「そんな……あっ……」

いきなり濃い香りが玲を包んだ。もしかしたらこれがアルファのフェロモンかもしれないと身をもって知った。

ただでさえ初めての発情で躰が悲鳴を上げているのに、アルファのフェロモンをこんな浴びたら、ひとたまりもない。

「駄目……っ……イル……フェロモン……強いっ……あっ……」

「許せ。オメガに当てられて私も自分の理性を制御するのが精いっぱいだ」

彼の眉間に皺が寄る。彼もまた苦しんでいるのだ。玲の心が申し訳なさに染まった。

「ごめん、イルファーン……。まさかオメガに、覚醒……する……なんて……思って……もいなかった……から……っ……」

いや、違う。母がオメガだから、もしかして自分も、と心の片隅では思っていた。ただ、考えたくなくて、オメガになるかもしれないという不安を先送りにしていただけだ。

「誰だってそうさ。バースの中で一番覚醒率がレアな、わずか三パーセントの確率のオメガになるなんて、誰も思っていない。謝るな」

バースの覚醒率はオメガが一番レアとされる。その次にレアなのがアルファで、十パーセントを占める。残りがベータで構成されるのがバースの割合だ。

「あ……」

鼻がつんとしたかと思うと、目頭がじわりと熱くなる。今思うと、困った時にはいつも傍にイルファーンがいてくれて、玲の心を支えてくれた。彼に感謝しかない。

「ありがとう、イルファーン……」

「感謝なんていらない……玲」

イルファーンの手が忙《せわ》しなく玲の衣服を取り去った。すでに濡れた下着を見られた時には、恥ずかしくて死にそうになる。

「……細いな。抱いたら壊れそうだ」

彼が眩しいものでも見つめるように目を細めて呟いた。

「う……抱くとか、そういう直接的な言い方は……好きじゃない……っ……」

「ああ、すまないな。もしかして玲は童貞なのか？」

「っ……そういうデリカシーのない話題も好きじゃない……」

「フッ、すまない。気をつけよう」

イルファーンの指が玲の鎖骨を愛おしそうに撫《な》でる。どうしてそんな仕草を見せるのか、皆目見当がつかないが、こういうことに対する知識が欠乏している玲としては、今はイルファーンに従うしかなかった。

そのままイルファーンの指は玲の胸へと移り、乳首に触れる。刹那、玲の躰に感じたことがないような快感が押し寄せてきた。

「なっ……あぁ……な、何？　これっ……はっ……あぁ……」

「乳首も性感帯の一つだ。オメガになればすべての性感帯が過敏になる」

「そんな……っ……」

初めて感じた乳首からの熱は、一度快楽を覚えると次から次へと玲を呑《の》み込もうとしてくる。躰のどこにそんな淫《みだ》らな熱が眠っていたのかと思うほどだった。

信じられない状況に動揺していると、イルファーンの手が玲の下半身に触れる。そしてやんわりと握ってきた。

「あっ……ん……っ」

自分でも恐ろしくなるような甘い声が出てしまい、怖くなった。

僕の躰はどうなっているんだ？　こんな快感、おかしい――。

「イルファーン、イルファーン……怖いっ……おかしい、僕の……躰っ……」

「おかしくない。普通だ。オメガの発情期の症状だ。怖がる必要はない」

イルファーンのまるで子供を宥めるような優しい声に玲は身を任せたくなる。その一方で、まだ理性は残っており、いい大人が子供のように甘えたら駄目だ、と玲は自分に言い聞かせた。だがどんなに耐えようと思っても事態は玲の心を切り裂く。

オメガに覚醒してしまった――。

心のどこかに大きな錘《おもり》が落とされた感じがした。その錘と一緒に自分が闇の底へと沈んでいく。

未来が決められてしまう――。

オメガには結婚が義務づけられていた。覚醒したら余程のことがない限り、つがいを見つけ結婚させせられるのだ。

つがいを持たなければ、オメガは発情期に翻弄《ほんろう》され続ける。そのため生殖のバースとも言われていた。

「お前の首筋からいい匂いがする。これがお前の、オメガの香りなのだな」

オメガの香り――――。

どんな香りが自分から出ているのか、まったくわからない。だがアルファのイルファーンが言うのなら、本当に匂うのだろう。

首筋をぺろりと舌で舐められた。玲の下半身がそれだけで大きく頭を擡《もた》げる。

「あ……」

「可愛いな、お前は男根まで可愛くできているんだな。素直に反応してくれる」

「かわい……いって……あぁあっ……」

反論したいのに、彼が急に玲の劣情を強弱つけて扱《しご》いてくるので、言葉が嬌声《きょうせい》に打ち消される。

「あっ……あ……あぁっ……」

彼の指が玲の先端を弄《いじ》り始める。彼の指先が鈴割を擦《こす》るたびに、淫らな喜悦が襲いかかった。

「ああっ……ん……ふ……」

唇を噛んで嬌声が出ないようにしても零れ落ちてしまう。

「唇を噛むな、傷ができてしまうぞ」

イルファーンが、玲の唇をそっと指先で撫でてきた。

「玲、声を出せばいい。お前の声を聞いているのは私しかいない。安心しろ」

甘い声で囁かれ、うっとりとしてしまう。アルファの声がこんなにも気持ちがいいものだとは知らなかった。

「玲……」

彼に名前を呼ばれるたびに、腰が砕けそうになる。これもアルファの力なのか。

「っ……」

湧き起こる激しい情欲に、どうしていいかわからなくなってくる。さらに自分の下半身が雫《しずく》を垂らし始めているのを、気づかずにはいられなかった。

玲の震える先端の鈴口に彼の爪が立てられる。

「あっ……」

今まで感じたこともないような凄絶《せいぜつ》な快感が腹の底から湧き上がった。背筋を電流が駆け上るような快感に、意識が飛びそうになるや否や、鋭い快楽に堪《た》えられず、玲は呆気《あっけ》なく己の熱を吐き出した。

「あぁぁっ……」

粘り気のある白く濁った蜜がイルファーンと自分の腹に飛び散る。

「はあ、はあ、はあ……」

胸が苦しくて、呼吸さえままならない。だが今、達《い》ったはずなのに、玲の発情はまったく治まらなかった。もっと強い刺激を求めて躰の中で暴れ出す。すると玲の上に、再びイルファーンが覆い被《かぶ》さってきた。

「まだ足りないはずだ」

イルファーンには玲の心がわかっているようだ。返事する間もなく、彼が動き始めた。快楽の底へ突き落とされるのも時間の問題だった。

玲が放った蜜で濡れた彼の手が、腹をゆるゆると撫でてくる。やがて下腹部がじんわりと熱を持ち、一点に集まった。

「あっ……」

玲は自分の劣情がみるみるうちに再び高く頭を擡げたのを感じる。声を上げると、イルファーンが耳朶をぺろりと舐めた。それだけでもぞくぞくとした喜悦が溢れ、躰が熱に痺れる。そんな玲を見て彼が小さく笑った。

「お前が覚醒したら、こんなに色っぽくなるなんて……くそ、持っていかれる」

両膝を優しく開かれ、自分の急所をイルファーンの前に晒《さら》す。彼の視線が玲の劣情に向けられた。

「お前を気持ちよくしてやる」

「あっ……」

イルファーンの綺麗に手入れされた指が臀部《でんぶ》を這《は》ったかと思うと、狭間《はざま》に差し込まれ、その奥に潜む蕾《つぼみ》に触れてくる。

「な……あっ……」

「かなり濡れているから痛くないはずだ」

「え……挿入はしないって……あぁ……」

イルファーンはぷっくりと膨らむ蕾へと指を差し込んできた。

「ああ、私のモノは挿入しない。だがここから指を入れて、お前の前立腺を刺激してやると、もっと気持ちよくなるんだ。不安にならず、私に身を任せていろ」

「任せていろと言われても……んっ……ふ……」

イルファーンは指で優しく玲の隘路《あいろ》をかき混ぜながら、その唇を股間へと近づける。そしてそのまま見せつけるかのように下半身を舐め始めた。

「うっ……」

玲の声にイルファーンの視線がこちらへちらりと向けられる。だが彼はまるで挑発するかのように竿《さお》の部分に舌を這わせると、そのまま亀頭を口内ですっぽりと包み込み、きゅうっときつく先端を吸った。

「あぁあっ……」

目の前がちかちかするほどの鋭い痺れが玲の脊髄を駆け上がる。イルファーンの柔らかな舌が執拗《しつよう》に玲の劣情を舐め回した。次第に彼の舌の動きに淫らさが増す。あまりの卑猥《ひわい》な光景も見ていられず、目を瞑った。だが、イルファーンはそれを許してはくれず、玲が目を瞑ったことを知ると、後ろの蕾に挿入させていた指を激しく動かす。

「ひゅっ……はぁあっ……ん……」

発情しているせいか、痛みなどほとんどなかった。与えられる何もかもが、気持ちよくて堪らなかった。

もっと、もっと欲しい。まるで快楽を求めて淫らに彷徨《さまよ》う獣にでもなったような気分だった。

イルファーンの挿入されている指の本数が増えたようだ。玲の隘路がかき回される。

「あぁ……あぁぁぁっ……」

身が竦《すく》むほどの喜悦が玲を襲う。

「な……なに……やっ……はぁっ……ふあっ……」

肉襞《にくひだ》が指で押し広げられる感覚に、理性がはちきれそうになった。指で中を擦られるたびに、射精したくてどうしようもなくなる。

溢れる快感に玲が耐えているると、イルファーンが何を考えたのか、指を咥《くわ》えさせていた蕾に舌を割り込ませてきた。

「あっ……イル……ファ……あぁぁっ……だ、めっ……あぁぁ……」

やめてほしいのに、やめてほしくない。破廉恥なことなのに、もっと求めてしまう自分がいる。

「んっ……は……」

淫らな熱が躰中に広がり、自分がオメガであることを思い知らされた。そして――。

「あぁぁっ……あっ……」

ある一点にイルファーンの指が触れた途端、恐ろしいほどの愉悦が沸き起こり、大きく爆《は》ぜる。耐えることもできずに吐精してしまっていた。

「な……何？　なんだ？」

荒ぶるような熱に動揺する。するとイルファーンが玲の下半身から顔を上げ、手の甲で口許を拭った。

「ああ、ここがお前のいいところだ。私以外の人間に教えるなよ」

「な……教えるわけ……ないよっ……あぁぁっ……」

また吐精する。心臓が早鐘のように脈打ち、息をするのも苦しかった。

「一週間ほど二人で籠れば、初めての発情も治まるだろう」

一週間――！

一週間もこの狂おしい熱に翻弄されなければならないのだろうか。そして、それにイルファーンをつき合わせてしまっていいのだろうか。学業を休ませることにも申し訳なく思うのに――？

玲も高校でバースの授業を受けていた。オメガのフェロモンに当てられたアルファがどんなに苦しいかも学んだ。優秀なアルファほど耐性もあるというが、それでも辛《つら》いに決まっている。

「イルファーン……い、挿《い》れても……いい……」

「え？　挿れるって？」

イルファーンは意味がわからないようで、聞き返してきた。

「あ……その……君も苦しいだろう？　そ、それ」

玲は視線でイルファーンの下半身を示した。途端、イルファーンが人の悪い笑みを浮かべた。

「挿れるって、これを挿れていいのか？」

もしかしたら最初から玲が何を挿れてほしいか気づいていて、聞いたかもしれない。だがそんなことを追及している余裕はなかった。玲は続けて口を開く。

「首筋を噛んで『つがい』の契約をしないという条件は絶対だけど、ギブアンドテイクだ。

君だけが苦しむのはフェアじゃ……ないし……」

「……いいのか？」

イルファーンの声が急に真剣味を増す。なぜか玲の胸に一瞬『恐怖』が湧いた。

「いいっていうか、君だから言うんだ。他の人間に、こんなこと……言えるか」

「玲、私の男根を受け入れるということは、私とセックスをする、ということなんだぞ？　わかっているか？」

「セッ……、もう具体的に言わなくてもいい。それはわかっているけど、僕が一方的に助けられるのは気が引けるんだ」

「玲……」

彼の双眸が少しだけ見開かれる。

「できるだけ君の負担にはなりたくないんだ。君のバックグラウンドに群がる輩と一緒にされたくない。僕にだって一応プライドがあるから……」

小さなプライドだが、下心を持っているなんて大切な友人に誤解されたくない。だからそこは頑固と思われても、きちんとしたかった。

玲がじっとイルファーンを見つめていると、彼が躰の力をふっと抜く。そしてこちらが見惚れるような優しい笑みを浮かべた。

「惚《ほ》れ直した」

「ほ、惚れ直したって、なんだよ。他の人が聞いたら誤解するような言い方するな」

焦って注意すると、イルファーンが顔をくしゃりとさせて豪快に笑った。

「ははっ……まったくお前の清廉さには頭が下がるな」

「頭が固いって言いたいんだろう?」

「まあ、それもあるが……。そういうお前だからこそ、私はお前を信じられる。私の地位や財産を目当てに親切に接してくるんじゃない。きちんと私を見て接してくれているんだと、安心する。お前は真に心を許せる友だ」

「イルファーン……」

彼にきちんと自分の想《おも》いが伝わっていることを知って、玲は胸が熱くなった。

「玲、大切に抱く。私のかけがえのない親友でもあるお前を傷つけたくないからな」

彼の手が玲の頰に触れる。彼の手のひらに玲はその頰を預けた。

熱い。彼の手も思った以上に熱かった。

玲がイルファーンを誘う意味で目を閉じると、一旦彼が離れていった。不安になって目を開けると、彼が胸ポケットからコンドームを取り出すのが目に入る。

「君……何を持っているんだ」

呆れて口を開くと、彼が苦笑した。

「男の嗜《たしな》みだ。他人が用意したコンドームは細工がされているかもしれないからな。子種を無暗に蒔《ま》かないように教育係からきつく言われている」

そう言いながらイルファーンは口の端でパッケージを咥えると、そのまま袋を引き千切った。

「王族も大変だな。確かにどうにかして君の子供を産んで妃になろうとする輩もいるだろうしな。細工もするのか……怖いな」

「ああ、怖いぞ。信用できない人間と寝ようとは思えないほどにな」

怖いぞと言いながらも、どこか楽しそうに告げ、そして慣れた手つきでコンドームをつけた。

「コンドームは何ケースも用意してあるから、いくら使っても心配しなくていいぞ」

「莫迦なこと、言ってろ」

玲のぶっきらぼうな返事にイルファーンはくしゃりと笑うと、もう一度玲に覆い被さってくる。

玲は両手を広げ、彼の背中に手を回した。

アルファを捕まえる――。

それはオメガ特有の性質。まるで自分の躰自体が、アルファを捕まえる罠《わな》のように思えた。

きっとオメガはアルファを捕まえるために、躰中に罠を張り巡らしているに違いない。

そして優秀なアルファの子供を産むように最初から遺伝子に刻まれているのだろう。

そう——アルファがオメガを食うのではなく、オメガがアルファを食うのである。

玲は自分の本能を嫌でも思い知らされざるを得なかった。

イルファーンが欲しい——。

愛なのか本能なのかわからない。だが今はイルファーンが欲しくて堪らなかった。

「挿れるぞ、玲」

すでに彼の指で解《ほぐ》されていた玲の蕾は、彼を受け入れるのに充分なようだ。玲に快感を与えていた指が引き抜かれ、熱い楔《くさび》が押し当てられた。

「んっ……」

イルファーンの熱を感じただけで躰がざわざわすると思った瞬間、彼の肉欲に貫かれる。

「あああぁぁぁっ……」

今までとは比べものにならないほどの快楽が玲を襲ってきた。同時に疼くような熱が玲の中を穿《うが》ってくる。まるで灼熱《しゃくねつ》の楔を打ち込まれたみたいに淫壁が焼かれ、甘い悲鳴を上げるような錯覚を覚える。

「あっ……ふ……あぁ……ああっ……」

「きついな」

イルファーンの呟く声が聞こえた。するとすぐに玲の萎《な》えていた下半身に彼の指が絡みつき、ゆっくりと扱き始める。

「んっ……ふああっ……」

再び玲の劣情が淫蕩《いんとう》な痺れによって勢いを増す。

「うっ……はあっ……もう……達く……っ」

また軽く射精してしまう。一体、この躰はどうなってしまったのか、玲は不安になってきた。普段ならこんなことは絶対あり得ない。

「挿入しただけで射精するとは……可愛いな」

「可愛くな……いっ……あぁ……動くなっ……あぁぁ……ふ……」

玲が制止を訴えているというのに、イルファーンの腰が激しく動き出す。彼の腰が玲の臀部に当たり、パンパンという音も聞こえ始めた。

何もかも初めての経験なのに、どれも気持ちよくて堪らない。発情の怖さを快感と共に思い知るしかなかった。

あぁ……また達きたい。

その思いだけで頭がいっぱいになる。それ以外のことは何も考えられなくなっていた。

奥まで穿たれた彼を無意識に締めつけてしまう。目の前がちかちかするほどの愉悦に、玲の躰が悦《よろこ》びを露わにした。

「ああっ……」

「気持ちいいか」

絶妙なタイミングで抽挿《ちゆうそう》を繰り返され、玲の理性は粉々に砕けていく。凄絶な悦楽に身も心も支配されながら嬌声を上げた。淫猥な熱に溶けた隘路を、何度も何度も彼の楔で力強く擦り上げられる。

「ア、ア、ア、ア……」

一音高い音域のスタッカートで淫らなリズムを刻みながら腰を振り、イルファーンを貪欲に欲した。

「上手だ、玲」

耳朶に彼の温かく湿った息がかかり、腹の底から淫猥《いんわい》な快楽が膨れ上がる。何もかもが快感にすり替わり、玲を繰り返し快楽の沼へと追い詰めた。

イルファーンの長い指が白い蜜にまみれた玲の下半身を搦《から》めとる。

「達きっぱなしだな。辛くないか?」

辛い。だが動きを止められたらもっと辛い――。

玲はきつく目を閉じた。

達きたくて達きたくて、堪らなかった。快感に喘ぐ劣情はじんじんと熱く疼き膨れ上がっている。狂おしいほどの快楽にどうにかなりそうだった。

「あっ……あぁ……」

イルファーンに嵌《は》められたまま、躰ごと揺さぶられる。躰の芯から爆《は》ぜるように喜悦が溢れた。もう自分の意志ではどうにもならない。恥も外聞もなく浅ましい言葉が口から零れ落ちる。

「もっと……あぁ……イル……あぁぁ……」

熱で目頭に涙が滲む。涙で目の前がぼやけ始めた。先ほど指でイルファーンが示した玲のいいところを、何度も肉欲で擦られる。

「玲、いいか？」

気遣うようなことを口にしながらその行為は真逆で、イルファーンはさらに抽挿を激しくし、同時に玲を扱く指も緩急を巧みに使い分けて絶頂に導いた。玲もまた快感で咽《むせ》び泣く。

「あぁぁぁっ……」

またもや盛大に精蜜を吐き出してしまった。だがそれだけでは物足りず、本能からなのか、イルファーンを貪欲に味わおうと肉襞がじわじわと蠢《うごめ》く。

「あっ……んっ……」

淫らな感覚に、玲はさらにきつくイルファーンを締めつけてしまった。

「くっ……」

イルファーンの低く甘く濡れた呻《うめ》き声が玲の鼓膜を震わせる。刹那、彼の腰の動きが激しさを増した。

「ふあぁ……あぁっ……」

イルファーンが玲の腰を強引に引き寄せる。そのまま最奥へと欲望が捻《ね》じ込まれた。何かプツンという感覚が玲の中に生まれる。S字結腸まで彼の肉杭《にくくい》は到達したようだった。

「あっ……あぁう……」

どこまでも奥へと入り込んでくる熱く硬い屹立《きつりつ》に、玲は眩暈を覚えた。オメガの性が歓喜の声を上げるのを心のどこかで捉《とら》える。

何度も達し、意識が朦朧《もうろう》とし始めた頃、玲は一枚の膜越しに熱い飛沫《ひまつ》が弾《はじ》け飛ぶのを感じた。イルファーンがやっと達ったのだ。

「あ……やっと……」

安堵したのも束《つか》の間《ま》、玲の躰はすぐに発情した。

「あっ……」

もぞもぞと動くと、その意味をわかっているのか、イルファーンが肩にキスを落とし、囁く。

「大丈夫だ。まだ抱いてやる。発情期の間は、お前が満足するまで抱いてやる」

「な……それはそれで……ちょっと……あぁっ」

彼の腰がすぐに動き出した。

なんという体力だろう。言葉は悪いかもしれないが、イルファーンが実は絶倫であることを玲は知ってしまった。

「駄目……イルファーン……いくらなんでも、体力がついていかない……あぁっ……」

「一週間、食事や風呂に入ったりして休憩をしながらセックスをしよう。お前の熱は私が責任を持って受け入れるから心配しなくてもいいぞ」

「そっちの心配はしてないっ……あっ……ふぅ……むしろ僕の体力がぁ……あぁ……」

がくがくと揺さぶられるまま、玲は再び淫らな熱へと放り込まれた。

結局、玲は大学を卒業するまで、発情期の間はイルファーンと熱を分かち合うことで普段と変わらない日常を過ごすことができた。いわゆるセックスフレンドという関係だったのかもしれない。

ただ友人としてのつき合いのほうが深く、あまり淫らな関係という感じにはならなかった。今思えば、イルファーンとの間には、恋愛感情がなかった気がした。

Ⅲ

「イルファーン殿下の婚約者様がお戻りになられたそうよ」

王宮の片隅で女官たちが小さな声で話し合う。

「よかったわ。殿下もこれで安心して王太子になられるのではないかしら」

「あら、私は日本人の伴侶は王妃には認められないから、逆にマリク殿下が王太子になられるかと思ったわ」

「マリク殿下かイルファーン殿下か、これから大きく王宮内が二分されそうね」

玲が外出しようと回廊を歩いていると、女官たちが噂《うわさ》話《ばなし》をしているところに遭遇してしまった。アラブの民族衣装を身に纏《まと》っているため、そんなに悪目立ちはしていないのもあって、女官たちは玲のことに気づいていないようだ。だが護衛を務めるラシードは、玲を自分の背後に隠した後、わざと大きな咳払《せきばら》いをした。途端女官たちがこちらに気づき、全員がかしこまる。

「ここは王宮だ。小さな嘘もやがてまことしやかに話されることもある。口は慎《つつし》むように」

「も、申し訳ありません！」

「仕事に戻れ」

女官たちは玲に気づくことなく、ラシードに言われた通り元の仕事へと足早に戻っていった。ラシードは彼女たちが去ったのを確認してから、玲に振り返る。

「玲様、失礼いたしました」

「あ、大丈夫だよ。どうやら皆、僕を婚約者だって信じきっているようだね」

平気な振りをしながらも、イルファーンの婚約者次第で、王太子の座が変わってくるようなことを聞き、玲は内心動揺していた。

そんな婚約者を僕がきちんと演じられるだろうか……。

「婚約者さん、僕が偽者だとばれる前に、見つかるといいけど……。後々また何か言われるだろうし……」

「そんなに日はかからないと思われます。ただしばらくはこのような失礼が重なるかと思いますが、何卒《なにとぞ》ご容赦を」

「僕はかまわないから気にしないで」

イルファーンは極力、玲が婚約者の身代わりであることを人に明かさないよう、玲の周りを自分の側近で固めていた。

身の回りの世話は女官を遠ざけ、イルファーンの従者の一人を遣わされている。元の婚約者が男性であったこともあり、これについては王宮の使用人からも不審に思われていなかった。

一番大きいのは、イルファーンの護衛隊長でもあるラシードが玲の護衛をしていることだ。護衛隊長がつくほどの要人。それはイルファーンの婚約者以外にあり得ない。そういうことで王宮のほぼ全員が、玲を本当の婚約者であると疑わずにいた。

玲は顔をしっかり見られないように、人と接するような時は俯《うつむ》いている。それが功を奏しているかどうかは定かではないが、とりあえず、ここに来て三日、今はまだばれていなかった。

ただ、日本人は見分けがつきにくいと聞いたが、それが未《いま》だに引っかかる。もしかして婚約者は玲に似ているのではないだろうかと考えるようになっていた。だから見分けがつきにくいと考えるほうが自然な気がした。

似ている――例えば兄弟なら、似ているだろう。

弟の翔太の顔が浮かんでしまう。

もし翔太が玲の推察通り、イルファーンの婚約者ならば、玲と少し雰囲気も似ているので、周囲を騙《だま》しやすいかもしれない。

翔太がイルファーンの婚約者なんだろうか――？

胸がぎゅうっと鷲摑《わしづか》みされたような痛みを発した。

でも翔太が婚約者だったら、絶対僕に言ってくれるはず——。

「どうかされましたか？　玲様」

ラシードの声に玲は頭を軽く振る。イルファーンの婚約者が翔太かもしれないと疑っていることを知られたくなかった。本当にイルファーンが隠そうとしているのなら、それを暴きたくはなかったからだ。玲は当たり障りのないことを口にする。

「あ……なんだか大変な時に、今から王都観光に行くなんて申し訳ない気がしてきたよ」

実は、玲は今からラシードを伴って観光地巡りをする予定だった。

婚約者が行方不明で、多くの人間が秘密裏に動いているのに、呑気《のんき》に観光をするのは少し気が引ける。だが玲がここに来る前に、この事情を知らずに観光がしたいとイルファーンに伝えていたこともあり、彼がスケジュールを立ててくれていたのだ。

「いいえ、それは玲様がこの国へ来た目的の一つでございます。殿下からも許可が出ておりますので、お気になさらずに。殿下も三時頃に、ティータイムに合流されることを楽しみにされておりました」

王都、カシュムには欧米発の老舗カフェがたくさん出店していた。その中で今一番話題の店でイルファーンと待ち合わせをしている。彼が特に気に入っており、お勧めだそうだ。

「イルファーンは婚約者のことだけでなく、政務でも多忙を極めているからな。気に入ったカフェで少しでも寛《くつろ》げるといいけど……」

「そうですね。玲様がティータイムをご一緒してくださることを、殿下は大変喜ばれておりますよ。きっと心安らぐひとときになるでしょう」

「そうだったら、いいな。僕もイルファーンがリラックスできたら嬉しいよ」

政務にも携わっているイルファーンは、学生時代のように気楽にはいられないかもしれないが、昔のように彼と一緒に笑って楽しい時間を過ごしたいと思うのは贅沢《ぜいたく》だろうか。

「ラシードさん、今日一日、よろしくお願いします」

玲はラシードの他にボディガードをもう一人つけて、出発したのだった。


モスク礼拝と簡単な王都観光をしながら早めのランチを済ませ、玲たちは海岸線と並行して走る国道を南下する。運転手の他に助手席にボディガード、そして玲の右隣にはラシードが座っていた。

潮風が気持ちよさそうだが、防犯の関係で車の窓を開けることができなかった。それでも窓越しにきらきらと光る海をずっと眺めているのも、なかなかいいものだ。

「日本の海と色が違うなぁ……」

「こちらの国は初めてではなかったですよね？」

隣に座っていたラシードが声をかけてきた。

「ええ、大学時代に友人たちと来たことはあるんですが、あの時は景色を楽しむというよりは、皆でわいわいと楽しく遊んだという感じだったので、残念ながらあまり風景を覚えていないんです」

「そうでしたか。では今回の滞在中に美しい風景の場所にもいくつかお連れいたしますね」

「それは楽しみです」

「あと、遊牧民のライフスタイルの体験をされたいというお話でしたので、今からそちらへ行こうと思います」

王都から少し離れた砂漠の真ん中に、遊牧民が観光客相手に催しているアクティビティがあるのだ。玲が今回楽しみにしている観光の一つだった。

「そちらを体験された後、王都に戻って殿下とティータイムを過ごしていただく予定です。あとご希望の博物館ですが、こちらは時間に余裕がありませんので、日を改めて観光していただきたいのですが、よろしいでしょうか？」

「ありがとう、それで大丈夫です。一か月近くは滞在する予定ですので、その間に行ければかまいません」

「では、そのように手配させていただきます」

ラシードはにこやかな笑顔を浮かべてタブレットに何かを打ち始めた。

最初は、ラシードと二人で観光することに、少し緊張したが、意外と気が合うというのか、彼がしっかりガイドをしてくれるため、逆にとても快適な観光地巡りになっている。

車は海岸沿いから離れ、内陸地へと向かっていく。

カシュラム王国の砂漠は赤っぽい砂が主流で、赤みがかった砂丘がいくつも目の前に現れる。国道はこの砂漠をばっさりと切り離し、真《ま》っ直《す》ぐ続いていた。

自然の中に果てしなく続く人工物って、凄いな……。

玲はそんなことを思いながら、後部座席からフロントガラスを覗き込み、地平線まで砂で覆われた世界に見入った。だが、

「不審車が二台。右後方の砂丘から飛び出してきました」

助手席にいたボディガードが呟く。途端、隣に座っていたラシードが後ろを振り返った。

「聖団の奴らだろうな」

聖団？

聞いたことのない言葉に玲は首を傾げた。

「砂漠は隠れるところがないというのに、大胆な作戦に出たものだな」

ラシードが足元にあったアタッシェケースから銃を取り出す。

「えっ⁉」

滅多に目にしないものが足元から突然出てきて、玲は目を剝《む》いた。

「玲様、私がいいと言うまで、頭を抱えて、躰を折り曲げていてください」

「は、はい！」

玲は何がなんだかわからず、言われたまま頭を下げる。それと同時に置かれている状況が徐々にわかってきた。

後ろに現れた二台の車は、僕たちを狙っている？　どうして――？

そう思った傍からゴンという鈍い音が車内に響いた。どうやら相手がこちらに向かって発砲した銃弾が車に当たったようだ。

「こちらは防弾車ですので、滅多に銃弾が貫通することはございません。ただ、車の動きが激しくなりますので、頭を下げて、お怪我《けが》だけは気をつけてください！」

ラシードがそう叫ぶと、窓ガラスを少し開けて銃で応戦し始めた。助手席に座っていたボディガードは何やら武器を組み立てている。

「シャルデ！　撃てるか？」

「撃てますっ！」

そう言って、シャルデと呼ばれたボディガードはサンルーフを開けると、そこから顔を出したようだ。頭を下にしている玲にはしっかり見えなかったが、彼が担いだ時にちらりと目に入ったのはロケットランチャーだった。

サーッと血の気が引く。まさかこんなところでゲームか映画でしか見たことのない武器を目にするとは思ってもいなかった。

「玲様、念のために耳を手で覆ってください」

ラシードに言われるまま、頭を抱えていた両手を耳に移す。

ズドーン！

「っ！」

耳を塞いでいても、腹の底から響くロケットランチャーの発射音が聞こえた。そしてすぐにまた二発目が発射される。

相手に当たったか――？

確認したくともできない。だがこの緊迫感が続いていることから、多分当たっていないのだろう。シャルデの肩にロケットランチャーが担がれたままなのが、いい証拠だった。

玲たちを乗せた車は速度を落とすことなく、かなりのスピードで砂漠の中を真っ直ぐ進む。道路がアフリカのようにでこぼこではなくて幸いした。さすがは大富豪の国、カシュラム王国だ。道路の舗装は完璧である。

だがどこを見渡しても砂漠だ。隠れるところなど一つもない。このままではやるか、やられるかの二択の運命に翻弄されるだけだった。

玲は頭を下げ続けることをやめ、顔を上げて後ろを振り返った。リアガラス越しに襲撃者を確認する。

後ろの車はこの車よりもスピードが速いのか、どんどん近づいてきているようだった。防弾車にしたのが裏目に出たのだろう。重量があってスピードが出なかった。一方、相手は普通の車のようで、猛スピードで追いついてくる。窓からこちらを狙った銃口が見えたかと思うと、また撃ってきた。被弾はするが、どれも車体に弾かれ致命傷には至らずに済む。

このままでは埒《らち》が明かなかった。いずれは追いつかれ、今より激しい銃撃戦になるのは目に見えている。

「あっ」

いきなり車が蛇行した。シートベルトをしていたお陰で吹っ飛ばずに済んだが、かなり荒い運転だ。こんなに車を揺らしていては、ラシードたちの銃弾が敵側に当たらないのではないかと思うほどだった。

だがその時だった。大きな爆発音が響いた。

「なっ……」

砲弾は玲たちの車には当たらなかったが、車のすぐ横に落ち、舗装していたアスファルトが破裂したのだ。

慌てて後ろの車を見ると、いつの間にかあちらもロケットランチャーを手にし、こちらを狙っていた。

もう、駄目だ――――！

「玲様、頭を守って躰を低くしてください！」

ラシードの声に、躰が反射的に動く。玲が躰を低くした途端、急ブレーキがかかった。

シートベルトをしていても躰が前のめりになり、胸がシートベルトに押さえつけられて痛みを覚える。

「くっ……」

だがこの急ブレーキに敵側は反応しきれずに、勢いで玲たちの車を追い越してしまった。

玲たちはタイヤの擦れる音と共に反転して、車の先頭部分を今来た道に向けて急発進する。

敵の車も慌ててハンドルを切るが、先ほどよりは随分と距離が離れた。

すると今度は前方から大きなプロペラの音が聞こえてきた。

「え？」

頭上を見上げると、カシュラム王家の紋章が入ったヘリコプターがこちらに向かって飛んできた。

「なっ、あの莫迦がっ！」

ラシードの声に、車がさらにスピードを上げる。できるだけヘリコプターから遠ざかろうとしていたが、そうした中でヘリコプターからミサイルが発射された。

「え」

ドゥワァンッ！

「玲様っ！」

ラシードが咄嗟に玲の上に覆い被さってきた。玲たちが乗っている車がふわりと浮いたような気がする。そのままグワングワンと車体がジャンプするように前へ進んで停まった。頑丈に造られているゆえに、車内はなんともなかった。

「大丈夫ですか？　玲様！」

「大丈夫。ちょっと足は震えているけどシートベルトはしているし、ジェットコースターには慣れているから……」

そんな冗談を交えてラシードに答えると、彼があからさまに安堵の表情を見せた。

「はぁ……すみません。空軍の奴らは乱暴で……。まさかこの距離でミサイルを撃つとは思ってもいませんでした。玲様が怪我でもしたら、あいつら、ただでは済ませませんから」

ラシードが何やら怖い。

玲は笑ってやり過ごしながら、ふと後ろを振り返った。敵の車がいたはずの場所から炎が上がっているのが見える。それでようやくヘリコプターのミサイルが襲撃者を撃破したことがわかった。

「あ……もしかして追ってきた車って……」

その問いにラシードがにっこりと笑って答える。

「綺麗《きれい》に一掃できましたね。何もないところで急襲されるとデメリットも多いですが、こういうところだからこそミサイルが使えますので、敵も詰めが甘かったようですね」

「は、はぁ……」

こういうことには慣れていないというか、ド素人《しろうと》の玲は頷くしかない。

「申し訳ありませんが、遊牧民の体験アクティビティはまた日を改めてで、よろしいでしょうか？ せっかく楽しみにしていただいていたのに……」

ラシードが本当に申し訳なさそうに告げてくるが、遊牧民のアクティビティよりも刺激的な事件に遭遇したので、今日はこれでお腹《なか》いっぱいだ。玲は大きく首を縦に振った。

「も、もちろんです」

「ありがとうございます。では、王都に戻りますので、ヘリコプターに乗り換えましょう」

「え？」

「上空で待機しているヘリコプターはイルファーン殿下がご用意されたものです。殿下が玲様のお帰りを王都で待っていらっしゃいます」

どうやらラシードか誰かが、急襲されたとイルファーンに連絡を入れたため、このヘリコプターが投入されたようだ。

規模が庶民には想像がつかないレベルだ。このヘリコプターもそうだが、誰かにこんなに派手に襲撃されたりするなんて、映画でしか見たことがなかった。

王族となるとこんな危険と隣り合わせなのかと驚かざるを得ない。

ラシードに促されて車外に出ると、プロペラで起こる風が凄かった。気を抜いていると吹き飛ばされそうだ。さらに砂漠でもあるので風は砂嵐のように玲たちを襲ってきた。

玲は顔を手で隠しながらヘリコプターから下ろされた梯子《はしご》に向かって足早に移動する。

「玲様、私が下で支えますので、梯子に手をかけてください！　梯子は自動で巻き上げられますので、摑まっているだけでかまいません」

ヘリコプターの爆音も凄いので、耳許でラシードが叫ぶようにして話しかけてきた。玲も同じようにして大声で答える。

「わかりました！」

怖いがラシードが支えてくれるというのなら、これ以上足手纏いになりたくなかった。

玲は勇気を振り絞る。

梯子には一人の軍人が摑まっており、こちらに手を差し伸べてきた。だが、ラシードはその手を無視して、玲を支えながら梯子に手をかけた。

「ジェラール中尉、君はヘリから降りて、下の車を王都まで運んでおけ」

「え？　一緒に帰ろうと思っていたんだが……」

「先ほどのミサイルは君がタイミングを取ったんだろう？　滅俸ものだ。反省ついでに車で王都に戻ってこい」

「ええっ⁉」

ジェラールと呼ばれた軍人は声を上げながらもラシードの命令通り、地面に下りてこちらを見上げていた。

玲たちは梯子ごとヘリコプターに収納される。軍事用のヘリに乗るのは初めてだ。がらんとした機内には、機体の側面に沿って備えつけられた無機質なベンチがあるだけだった。

兵士らに言われるがまま、そのベンチに座ってシートベルトをかける。それを合図にヘリコプターはゆっくりと旋回して王都へと機首を向けたかと思うと、すぐにスピードを上げた。

「わ！」

玲の躰に重力がかかる。シートベルトをしていても飛行機よりも不安定で少し怖かった。恐怖を紛らわすために小さな窓から外を眺めれば、赤銅色の砂漠に玲たちが乗ったヘリコプターの影がくっきりと映り、まるで赤い海の上を飛んでいるようだ。

「五分程で王宮に到着します」

パイロットの声が響く。玲たちは砂まみれになりながら王宮へと戻ったのだった。

王宮にはパイロットが告げたように本当に五分程で到着した。ヘリポートにはイルファーンが迎えに出ており、玲を見た途端、駆け寄って抱き締めてきた。

「無事だったか、玲！」

「っ……」

こんなふうに抱き締められるとは思っておらず、玲は戸惑った。

なんだろう……。

玲は自分の胸の奥で、説明できない何かが暴れているような感覚を抱いた。

よくわからないけど胸が痛い……。

「怖い思いをさせたな」

イルファーンの声にふと我に返った。

「イル……」

正面に真剣な表情をした彼がいた。かなり心配をかけたようだ。彼を安心させたくて玲は小さく笑った。

「怖いと思う暇もなかったよ。すべてが終わってヘリに乗ったら、やっと震えが出てきたくらいだから。何もかもあっと言う間の出来事だった」

「そうか……とりあえずお前が無事でよかった」

もう一度抱き締められる。玲の鼓動がトクンと甘く鳴った。

イルファーンに抱き締められただけで、心が浮き立つ。この気持ちは覚えがあるものだった。

好き――。

大学時代から親友だったイルファーン。玲がオメガとして覚醒してからはセフレのような関係も続けていた。だが今日の今日まで彼にこんな恋愛感情を抱いたことなどなかった。

どうして急に彼にこんな気持ちを抱くようになったんだ？

自分でもさっぱりわからない。ずっと彼には友情以外の好意を持ったことがなかったのに、今さらの想いに戸惑うしかなかった。

大学時代のことを思い出しても、イルファーンは玲には優しかった。発情期には当たり前のように二人で寝室に籠り、そして肌を重ねた。今より昔のほうがずっと恋愛感情を抱いても不思議ではない環境だったにもかかわらず、玲はイルファーンに恋をしなかった。

あれ……？

僕はなぜ、学生時代にイルファーンに恋愛感情を抱かなかったんだろう――？

ふとそんな疑問が浮かんでしまった。

イルファーンを好きになる要素はたくさんあったはずだ。なのに、思い返せば玲にとって彼は友情の範疇《はんちゅう》を越えない好意しか持っていなかった。

身分違いだったからだろうか――？

あまり意識してはいなかった。だが本能がそれを感じ取っていて、玲がイルファーンに恋愛感情を抱かないようにストップをかけていたかもしれない。

僕もまだ若くて、彼のよさがわからなかったのかな……？

だがどちらにしても、それでよかったのは言うまでもない。

イルファーンは卒業後、愛するオメガと出会い、そして婚約をしたのだ。もし玲がイルファーンに恋をしていたら、その話を聞いて辛い思いをしていただろう。親友のおめでたい話を心から祝福できなかった。

きっと神様が、辛い思いをしないよう、イルファーンとのつき合いが一生続くよう、玲におまじないをかけてくれたのかもしれない。

そういうことにしておこう……。

大学時代に恋人同士にならなかったからこそ、今もこうやってイルファーンと一緒にいられるのだから。彼に婚約者がいても、玲との関係は変わらない。

だが玲の心臓がひくりと鼓動した。いつも玲のことを心配してくれる二人の顔が脳裏をよぎったからだ。

翔太とイルファーン。

二人とも玲の心情を理解し、婚約したことをなかなか言い出せなかったとしたら？

『どうしてあんな男がいる国へわざわざ行くんだよ。僕は絶対反対だからな』

突然、翔太は酷くイルファーンを嫌うようになっていた。

『翔太のほうは、熱中症にならなかったのかい？』

だが一方では、イルファーンは翔太のことを気にしていた。いつもなら翔太のことを口にすることはないのに、どうしてか玲が熱中症で倒れたことを知っており、そして翔太の心配をした。

二人が玲の知らないところで喧嘩したのは間違いない。翔太は怒りが収まらないままだが、イルファーンは関係を修復したいように思えた。

イルファーンの婚約者は、翔太なんだろうか……。

聞きたいが聞けない。まだ玲の心の準備ができていなかった。

「玲、どうした？　どこか具合が悪いのか？」

黙っていた玲を不審に思ったのか、イルファーンが心配そうに見つめてきた。

「あ、いや。ちょっと疲れたのかも。こんな事件に巻き込まれるなんて、日本では考えられないし……。それに、髪に砂が入ったみたいだ。シャワーかお風呂に入ってさっぱりしたいかな」

カラ元気と思われるかもしれないが、イルファーンを安心させるため明るく答えた。

「わかった。すぐに風呂の用意をさせよう。ラシードもご苦労だった」

背後に控えているラシードにも声をかけ、イルファーンは玲を風呂に入れさせるべく、王宮内へと向かった。


玲が風呂に入って部屋に戻ってくると、イルファーンとラシード、そして側近のルファドがテーブルを囲んで座っていた。

「玲、ここに座ってくれ」

イルファーンが自分の隣を指さして告げてきたので、玲は言われるがまま彼の隣に座った。

「玲、お前に会った時に話をしたと思うが、私の婚約を快く思わない勢力がある」

「ああ、君の婚約に反対している勢力があるって聞いた。あともし婚約者の不在が公になると、王位問題にかかわってくるとも聞いたな」

玲がそう答えると、イルファーンの表情が曇った。

「……絶対お前を傷つけることはしない、必ず守ると大口を叩いたくせに、お前を危険に晒したこと、心から謝る」

「イルファーン……」

彼がこんなにも傷ついた表情を他人に見せるのは珍しかった。いつも傷ついても、それを上手く隠し、他人に気づかれるような男ではない。親友である玲にさえも強がって、一切弱いところは見せない男だった。

「実はお前に伝えていないことがあるんだ」

「伝えていないこと？　まだあったのか」

呆れてしまう。

「ああ、お前に聖団のことを伝えておかなければならない」

「聖団？」

確か砂漠で攻撃された時、ラシードが呟いていた。玲を狙った組織だ。

「神の声が聞けるという古の秘術を使うまじない師を崇拝する団体だ。元々この国を拠点に活動していたが、今やアラブ諸国に大勢の信奉者を持つまでになっている」

「……あからさまに怪しいんだけど」

「ああ、怪しいというか完全な詐欺集団だ。ただその詐欺師の言うことを信じてしまう人間もいて、厄介なことになっている。そして今、そのまじないに、私自身が巻き込まれているんだ」

イルファーンの話によると、この聖団のトップであるまじない師が、『カシュラム王国の次期国王は第二王子、イルファーンだ』という神の託宣を受けたと王家に伝えてきたことから始まったらしい。

元々、王太子の第一候補である第一王子、マリク・ビン・サハド・カリファムは、病気がちであるため、王太子になることを危惧《きぐ》する家臣が多いのも確かだ。そのため第二王子であるイルファーンを王太子に推す一派もあった。

イルファーンは、兄であるマリク王子のことを頭脳明晰《めいせき》で、人格者としても名高く、次期国王として相応しいと思っているし、自分は国王になる気は一切ない。そのため、この胡散《うさん》くさい聖団と敵対していた。

「この聖団は、私を国王にするために暗躍している。だがアラブの人間はアラブの伴侶を得るべしという古い考えゆえに、私の伴侶になるべき相手が日本人であることが、彼らにとってはタブーなんだ」

「だから君の婚約者を狙っていると？」

「ああ。お前をこんなことに巻き込んですまないと思っている」

「っ……」

気づいてしまった。

玲は婚約者の身代わりをしている。そう――――、イルファーンは婚約者を守るために玲を囮《おとり》に使ったのだ。

「まいったな……」

この事実は思わず声に出てしまうほど、かなりのショックを玲に与えた。イルファーンが玲を危険な目に遭わせようとしていたことを知って、思った以上にダメージを受ける。

「殿下、発言をしてもよろしいですか？」

正面に座っていたイルファーンの側近、ルファドがイルファーンに許しを求めた。

「ああ、いいぞ」

イルファーンが許可をすると、ルファドは玲に向かって説明しだす。

「玲様、誤解がなきよう、殿下の言葉を補足させてください。まず、聖団のメンバーは日本人の顔の区別ができず、皆、同じに見えるようです。そのため婚約者様が姿を消した際に、どう調べたのか、殿下の婚約者様を大学時代の友人のお一人である玲様だと勝手に誤解をしてしまいました」

「えっ……？」

「ですので、そのまま玲様を日本に置いておくことができなかったのです。玲様が間違えて危害を加えられる可能性が高かったからです」

囮だった……というわけでもないのか――？

「今回玲様をこの国へお連れした我々の一番の目的は、玲様の身の安全の確保です。殿下のお話が少し言葉足らずで、誤解を招きそうでしたので、ご説明させていただきました」

そう言いながらルファドはちらりとイルファーンに視線を投げかけると、イルファーンもバツが悪そうな顔をする。

玲は隣に座るイルファーンに声をかけた。

「……そうなのか？　イルファーン」

「そうだ。お前の命も危険に晒してしまったんだ。だからお前を保護した」

「保護って……。なるほど、どうりでおかしいと思ったんだ。君が婚約者に逃げられたから寂しいなんて言って僕を呼ぶのって、ちょっと違和感があったというか。でも余程傷ついたんだなって自分を納得させて、ここまで来たんだ。そういうことだったのか……」

気分が少し浮上した。囮にされたのではなく、保護してくれたのだとわかっただけなのに、だ。我ながら現金だ。だがこの感情の起伏で、玲はイルファーンのことをなかったことにしにくいところまで好きになっていることも自覚した。

まずいな……。

この想いはイルファーンに気づかれたらまずい。せめてこの一か月、ここにいる間だけでも絶対に隠し通さなければならない。

玲は自分の拳をきつく握って、己を偽る覚悟をし、会話を続けた。

「なら、もっと早く教えてほしかった。自分の命が狙われているなんて知ったら、もう少し大人しくしていたよ」

「すまない。玲を無用に怖がらせたくなかったんだ。その代わり、ボディガードの他に、いつでもスクランブル発進できるよう戦闘機も待機させていた。実際は事件が起きたのが近場すぎてヘリコプターを使ったけどな」

聞けば聞くほど玲の観光ごときに、思いも寄らない多額の費用がかかっていたことを知ってしまう。

「だが、到着が遅くなりお前を怖がらせてしまった」

「あ、でもそれは間に合ったし……」

「いや、間に合っていない。お前を怖い目に遭わせてしまったからな。この償いをどうしたらいいか……」

テーブルの上で組まれていたイルファーンの手がわずかに震えているのに気づく。表情には出ていないが、彼はかなり自分自身に怒っているようだった。

「もういいよ。怖かったのは確かだけど、かすり傷一つなく済んだから」

「玲……、それでは私の気が済まない」

イルファーンにじっと見つめられ、玲は悪くないはずなのに、どうしてか自分が悪いような気分になってくる。恐るべし、イルファーンの視線だ。

「じゃあさ、プライベートジェット機に乗せてくれるというのはどうかな？　日本へ帰る時はプライベートジェット機を貸してくれ。それで今回はチャラにしよう」

ちょっと調子に乗ってしまったかな、と思いながらイルファーンを見ると、彼の目が輝き始めたのがわかった。

「プライベートジェット機なんて、お前のためならいつでも何度でも出す。そうだ、プレゼントしよう。もちろん維持費もすべて私が出す」

きらきらした笑顔でイルファーンが提案してくる。だが呆れた内容なので、そこはきっぱりお断りした。

「そこまではいい。重すぎるから遠慮しておくよ」

「重すぎる？　私とお前は親友なのにか？」

「これだから金持ちは……。はぁ、親友でも重すぎる。そういうのは婚約者さんにしてやれよ」

「婚約者に……か……」

どうしてかイルファーンが考え込むように呟いた。彼が婚約者のことを考えているんだと思うと、玲の胸がちくりと痛む。

本当にどうして今さらイルファーンのことが気になってしまうんだ。もう何年も友人として一緒にいたのに……。

玲はきゅっと唇を噛んだ。こんなことを考えてしまう自分が嫌だった。すぐに気を取り直して、これから先のことを考える。

「とりあえず僕はいつまで大人しくしていればいいんだ？　一応家族には一か月くらいと

言って、出掛けてきたんだが」

一か月以上、ここに留《とど》まることになると、発情期と重なってしまう。できればそんなことは避けたかった。

「それに関しては、なるべく早く片づけるとしか言いようがない。実は聖団に婚約者が狙われたのは今回が初めてではないんだ」

「え？」

初耳だ。

ということは、イルファーンの婚約者が逃げたというのは、命が狙われたから……ということだろうか。

「以前も狙われた時に聖団側の主犯格の人間はほとんど捕まえたんだが、国外に逃亡した残党の中にトップのまじない師と一部の幹部がいる。今回もそいつらの仕業だ」

「な……もしかして僕は彼らが捕まるまでは帰れないということか？」

恐ろしいことを聞かされ、思わず確認してしまう。するとイルファーンが真面目な表情で頷いた。

「そういうことになる」

「はぁ⁉　ちょっと待って。なんかもう理解するのを拒否したくなってきた……」

「すまない。お前を完全に巻き込んでしまっている……」

「聖団の奴らは、僕が君の大学時代の友人だから、婚約者だって勘違いしているんだよな」

確かにイギリスではイルファーンと同じ屋敷に住んでいたし、他に同居人がいなかったこともあり、二人で暮らしていたと言っても過言ではない。実際には使用人も住んでいたが、きっとカウントされていないだろう。

それに発情期の間、二人で籠っていたことも知っている人は知っている。勘違いされる要素はたくさんあった。

ここにきて、大学時代、いろいろとイルファーンの世話になっていたツケが回ってきたという感じだ。そうなるとイルファーンばかり責めるわけにはいかなかった。それに甘えていた自分にも責任はある。

「はぁ……、僕、日本でよく無事にいられたな。あ、飛行機も普通に乗ってきちゃったけど、狙われなくてよかった」

「飛行機は……正直に言うと、実は貸し切った」

「え？」

貸し切り……？

「最初はプライベートジェット機でお前を迎えに行くつもりだったが、そんなことをして、お前に怪しまれてカシュラム王国に来るのを拒まれたら大変だと思い、お前が予約した飛行機をそのまま秘密裏に貸し切って、乗客も手配してそれらしくしたんだ」

「は？」

あの乗客は、皆、イルファーンの手配した人間だったということか？

ファーストクラスに乗っていたので、エコノミーにどれだけの乗客が乗っていたかはわからないが、アラブの王族の財力の恐ろしさにひれ伏すしかない。

玲が王族の財力に震えていると、前に座っていたルファドも笑顔でイルファーンを称《たた》えた。

「さすがは殿下です。あの采配は英断でございました」

お金の使い方に疑問を覚えるのは、この場では玲だけらしい。

「イルファーン……別にそんなことをしなくても僕は『プライベートジェット機に乗るか？』って聞いてくれたら普通に乗るぞ。乗りたいし」

「ああ、さっきの要望でわかった。素直に私がプライベートジェット機でお前を迎えに行ったほうがスムーズだったな」

イルファーンが苦笑する。少しだけ彼の纏う空気が和らいだので、玲もほっとした。後悔して落ち込む彼を見るのは玲も辛いのだ。

「実は今回、聖団に潜入させておいた工作員からの連絡で、まじない師が新たな資金源を確保するため、海運業で財を成したターヒルという人物へコンタクトを取ったことがわかった。彼が動き出したことで、お前への攻撃も増えるのではないかと思って、お前には内緒で少し過剰に護衛したんだ。許せ」

「許せって……。僕はそのお陰で助かったんだから……この場合、僕からありがとうと言うべきだろう？　ありがとう、イルファーン」

　玲が礼を口にすると、イルファーンが柔らかく微笑んだ。こんな笑い方もするのかとどぎまぎしてしまう。

「そういう状況で、奴らはお前を襲撃してきた。たぶん宣戦布告をしたのだろう」

「宣戦布告って……。その聖団とやらは、君を国王にしたいと動いているんだろう？　それなのに宣戦布告ってどういうことだ？」

「私に対して神の意志に従わぬ暴徒だというレッテルを貼ったのではないか？　だが私に直接矛先を向けてこないということは、まだ私に価値を見出《みいだ》しているということだ。どうせ私を洗脳する余地があると踏んでいるのだろう。前回、主犯格のほとんどを逮捕してやったというのに、まだ私におかしな希望を持っているとは、とてもでないが彼らを理解できない」

「聖団の奴らは、尊い地位よりも愛する人を選ぶ人間がいることを知らないんだな……」

「ああ、その通りだ。この聖団の品位の低さが透けて見える。結局は自分たちが私を利用して利益を貪《むさぼ》りたいのだろう。浅はかな集団だ」

「イルファーン、こんな時にこんな話をするのもなんだけど、僕は、君は王の器だと思う。だから聖団が君を王に就かせようとするのはわかる気がする。君は本当に王になりたくないのか？」

「私は狡《ずる》い人間だからな。兄上に王という面倒くさい役割を押しつけたいのさ。王というのは時には『私』を捨てなければならない。民や国のために動かなければならないのだ。だが私は『私』を捨てられない。愛するのはただ一人だけだ。民や国ではないのだ。悪いが王をやるほどの情けはない。私は愛する人に私のすべてを注ぎたいからな」

「イルファーン……」

玲の心臓がどくどくと脈打つ。なんとも名前がつけられない感情が胸の底から湧き上がった。

愛する人――婚約者のことだ。

玲の胸が苦しいほど締めつけられた。

こんなにもイルファーンが婚約者のことを愛しているなんて思いも寄らなかった。この男のどこにこんな熱い想いが隠れていたのだろう。

きっとイルファーンとその婚約者は『運命のつがい』なのだ。出会ってすぐに恋に落ちるほどの――。

出会って何年も経っているのに、恋にはならなかった僕とは違う……。

今さら片想いに気づくなんて、辛いな……。

玲は顔に感情が出ないように、できるだけ笑顔を口許に貼りつけて想いを隠した。

「……婚約者さん、早く見つかるといいな。聖団が僕を婚約者だと誤解している間はいいけど、もし僕が偽物だとばれたら、婚約者さんがまた狙われることになる。婚約者さんにはちゃんと守ってくれる人がついているのか？」

「ああ、それは大丈夫だと思う」

イルファーンの答えから、婚約者もボディガードが雇えるほどの家門の出身であることがわかる。

「なあ、イルファーン、僕に考えがあるんだけどいいかな？」

「なんだ？」

「聖団のまじない師は、今、この国に資金調達に来ているんだろう？」

「ああ」

「僕にはイルファーンが用意してくれているボディガードがいる。ということは、とても安全な状況ではあるよな？」

「駄目だ」

イルファーンが玲の言いたいことを察したのか、即座に反対した。玲の顔が思わず歪んでしまう。

「まだ何も言っていないぞ」

「お前が言いたいことなど、簡単にわかる」

ビシッと言い切られるが、玲はにっこりと笑った。

「へぇ……以心伝心だな」

「ばっ……」

莫迦と言いたかったのだろう、途中で言いかけたのをやめたかと思うと、心なしかイルファーンの顔が赤くなる。『以心伝心』という言葉のどこに彼を恥ずかしがらせるものがあるのかわからないが、玲はとりあえずスルーして言葉を続けた。

「僕が囮になるよ。それで犯人を捕まえよう。あちらだって僕が目の前をうろちょろすれば、手を出さずにはいられないだろう？　君に宣戦布告なんてする血気盛んな集団なんだから、すぐに引っかかる」

「やめろ」

「やめないよ。僕だって一か月くらいで日本に帰りたいし、君だって早く婚約者を捜し出したいだろう？　それにはその残党を捕まえるしかない。僕だって……」

「駄目だ！」

話している途中で、イルファーンが急に抱き締めてきた。突然のことで玲も驚く。

「イルファーン……？」

彼の名前を呼ぶと、彼がさらに強く抱き締めてきた。あまりの必死さに、まるで愛されているような錯覚さえ覚える。

「駄目だ、玲。お前が危険な目に遭うことは絶対に許さない」

愛情ではない。友情の延長上で彼は玲を心配してくれているのだ。誤解してはいけないと玲は自分に言い聞かせた。

玲は深呼吸をして心を落ち着かせる。そしてイルファーンに優しい口調で尋ねた。

「ここにずっといろって言うのか？　それは無理だよ」

イルファーンが玲を抱き締めていた手を緩め、顔を上げる。

「投資の仕事のことなら、ここで環境を整える。お前の仕事部屋も作ろう。だからもうしばらくここにいてくれ」

「仕事部屋はいいよ。そこまで長くいるつもりはないし。まずは一か月夏休みを取っているから、それ以降の話は、またその時になってからにしよう。それに婚約者さんを一か月以上見つけられないほうが問題だ。一刻でも早く見つけないといけない」

「……彼が自分から逃げたというのに、私が見つけられると思うか？　本当はもう私に会いたくないかもしれない」

「イルファーン……」

初めて彼が婚約者に対して弱気なことを口にした。彼もまた婚約者が逃げたことに対して落ち込み、精神がぎりぎりなところにいるのかもしれない。

「イルファーン、君は最初に僕に言ったぞ。『彼が逃げたのは、私が嫌いだからじゃない』って。『彼の本意ではない』とも言っていたぞ。だからそうなんだよ、きっと。いや、絶対。自信を持てよ」

「玲……」

彼の真摯な瞳とかち合う。

「君はいつも無駄なほど自信家じゃないか。弱気になるなよ」

「無駄なほどか……。ははっ、そうだな。あいつは自分から逃げたんじゃない。きっと理由があるはずだ。私はそれを信じなければならないというのに、疑ってはいけないな」

「そうだよ」

玲は笑みを浮かべたが、本当は彼に求められている婚約者が羨ましくて泣きたくなった。こんなにいい奴を置いて逃げてしまった婚約者を責めたくなる。

でもたぶんイルファーンはそんなことを望んでいない。愛する婚約者を責める者は彼の敵にされてしまうに違いなかった。

玲には戻ってきた婚約者を笑顔で迎えて、よかったと言うしか選択肢はない。

片恋は気づいた時には失恋していたのだから――。

「ということで、何事もポジティブで前向きに。聖団の残党を一網打尽にして、問題を解決し本来あるべき姿に戻ろう」

「玲、お前、簡単に言うが……」

「わかっている。簡単じゃないってことは。だが僕はイルファーン、君が僕を守ってくれると信じている。だから僕は堂々と囮をやれる自信がある」

「玲……」

イルファーンの肩から力が抜け、がっくりと落ちる。

「お前は昔から一度言ったら聞かないところがあったな」

「ああ、だから君が折れるしかない。やろう。もうさっさとこの問題を解決しよう。そうじゃないと婚約者も帰ってこないぞ」

その言葉を聞いて、イルファーンの双眸がわずかに見開かれた。そんな表情にも気づいてしまう自分に玲は嫌気が差した。

早く自分の失恋にもけりをつけよう。

婚約者が戻ってくる頃には、心からおめでとうと言いたかった。

ルファドとラシードを下がらせたイルファーンと、玲はしばらく二人でお茶をする。王都で行く予定だったカフェをキャンセルすることになったので、その代わりにスイーツを使用人に用意させていたらしかった。どうやら危険な目に遭った玲へのイルファーンなりの労《ねぎら》いのようだ。

「このタルト、わが国民にはあまり人気がないのだが、たぶん玲にはこちらがいいと思って用意した。こちらの人気のタルトと食べ比べても楽しいぞ」

「へぇ……」

玲は勧められるがまま二つのタルトを交互に食べる。するとカシュラム王国で人気だというタルトはかなり甘かった。甘味も少し独特な風味がする。

「確かに、こっちのほう、ちょっと味が変わってるね。でもまずくはないよ」

「そうか、よかった。まだいくつか用意しているから、食べられたら食べるといい」

イルファーンが嬉しそうにさらに他のケーキも勧めてくる。

「え、そんなに食べられないよ。君も食べろよ。君も意外と甘いもの好きだろう?」

「アラブの男は大体、甘いものが好きだからな」

そう言いながら、彼もケーキを食べ始める。その様子を見て、玲は大学時代、こうやって向かい合わせに座り、彼とカフェでケーキを食べたりしたことを思い出した。

オックスフォードは都市自体が大学のようなものなので、学生が行きやすい店がたくさんある。カフェだけじゃない。パブやクラブにも一緒に出掛けたことが懐かしく思えた。

大切な期間を、ずっとイルファーンと一緒に過ごした――。

イルファーンにとっても、そうであってほしい。そうであってくれれば、僕にはもう充分だ。

玲は自然と笑みが零れた。するとイルファーンがそれに気づいて、片眉を器用に上げる。

「なんだ？　私の顔に何かついているのか？」

「いや、ついていないけど、君って大学時代から変わってないよなって思ってたところ」

「成長してないって言ってるよな？」

「はは、それもあるけど、変わらない君を見て、ちょっと嬉しいなって思った」

玲が素直に口にすると、彼の視線とかち合い、しばらく見つめ合ってしまった。

「れ……」

イルファーンが何か言いかけたところで、側近のルファドの声が聞こえた。

「殿下、マリク殿下がお見舞いにいらっしゃいました」

ルファドの声にイルファーンは玲にそれ以上は何も言わず、対応する。

「兄上が？　お通ししろ」

「かしこまりました」

ルファドが下がる。玲は慌ててイルファーンに声をかけた。

「イルファーン、お兄さんに僕が偽物だってばれてしまうぞ」

「……大丈夫だ。兄上は公務だったり、体調を崩したりで、私の婚約者にまだ一回しか会っていない。お前が堂々と婚約者だという顔をしていれば気づかれないさ」

「そんな、さすがに気づくだろう」

「しっ、兄上だ」

イルファーンの声に玲は口を閉じる。すぐに第一王子であるマリクがルファドに案内された部屋へとやってきた。

「イルファーン、婚約者殿が命を狙われたと聞いたが、無事だったか？」

イルファーンとは違うタイプのハンサムだ。優しげな風貌は多くの支持者を魅了するものの一つに違いなかった。

「兄上、お忙しいところ、わざわざお越しくださりありがとうございます」

イルファーンはそう言いながら立ち上がり、マリクの席を設ける。玲も慌ててイルファーンに合わせて立ち上がった。すぐに使用人がカトラリーの一式を用意する。

「兄上、ケーキでもいかがですか？　少し余分に買ってきてしまって、困っていたのです」

「ああ、ありがたくいただこう。ところで、また聖団の仕業だと聞いた。婚約者殿も無事でよかった」

マリクに声をかけられ、玲は一瞬固まった。だが怪しまれては駄目だ。どうにか当たり障りのない言葉を選んで答えた。

「ご心配をおかけして申し訳ありません」

「謝らないでほしい。それこそ私は感謝さえしているんだ。危険な目に遭ったというのに、イルファーンの許に戻ってきてくれて、ありがとう」

マリクの言葉に良心が痛んだが、玲は婚約者の振りを続けた。

「もったいないお言葉です」

玲の言葉にマリクが笑みで応えて、用意された席に座る。それと同時にイルファーンも席に着いたので、玲もそれに倣って再び椅子に座った。

「婚約者殿が無事に戻ったところで、改めて確認したい、イルファーン」

「なんでしょうか、兄上」

「お前は本当に王太子に未練はないのか？　お前は私と違って健康で、多くの人間から渇望されている人材でもあるんだぞ？」

「それは兄上も、ですよ」

先日、玲がイルファーンから聞いた話では、そういうマリク王子も賢く、人格者でもあるので、多少躰が弱くても、彼を王に望む声も多い。そのためマリクとイルファーンを対立させようとする輩もいるらしい。その最たるものが『聖団』だ。

本来、仲のいい兄弟が他人の思惑で引き裂かれるなんて、信じられない――。

玲はそう思いながら、ただ黙って二人の会話を聞いていた。

「兄上、何度も言ったと思いますが、私は王太子にはなりたくありませんから。国王になると正妻の他に側妃を持つことを求められるようになります。国の発展のために多くの王子を産ませ、より優秀な王子を次の国王にするためとはわかっていますが、私は、妃は彼一人、彼だけを愛していきたい。それゆえに次期国王の座、王太子にはなりたくありません」

イルファーンの熱烈な愛の告白に、偽婚約者であるはずの玲まで恥ずかしくなってくる。そんなに婚約者さんのことが好きなんだ……。

「そうか……。だがお前は私に遠慮しているのではないか？　私はお前が国王になってもいいと思っているのだぞ？」

「いいえ、遠慮ではありません。ただ愛する人と幸せになりたいという個人的な我儘ですので、誤解なきよう」

「……私はお前のほうが国王に向いていると思っている。それに私はどちらかというと参謀向きだ」

こんな優しげな容貌であるマリクを、見た目で判断してはいけないようだ。

「兄上の性格については私からどうこう言えませんが、兄上のほうが優しげに見えるので、臣民の好感度は高いと思いますよ」

イルファーンがクスクス笑いながら話す。

「まあ、婚約者殿を目の前にして言う話ではなかったな」

マリクが苦笑して玲にちらりと視線を送る。玲は無言で頭を下げるしかなかった。だがイルファーンが助け舟を出すかのようにマリクに話し始める。

「大臣たちを納得させる健全な理由になるかと。兄上には王の位を、私には一人の妃だけを愛する資格を。これ以上よい取り引きはありません。父上もこの一連の事件で事態を深く受け止めてくださり、先日も兄上の立太式をできるだけ早く行いたいと言っていましたよ」

「はぁ、お前はそうやって私が王太子になるよう外堀を埋めるのだな。私だとて、運命のつがいが現れたら、その伴侶だけを愛したいと思うかもしれないぞ?」

「早い者勝ちですよ、兄上」

イルファーンが意地悪く言い返すと、マリクは両手を挙げて降参だというポーズを示した。そして再び玲に話しかけてくる。

「婚約者殿、本当にこの意地悪な男と結婚してもいいのか？　考え直すなら今のうちだぞ」

「兄上、そうやって私の婚約破棄を画策するのはおやめください」

「はは、ばれたか」

大学時代に、イルファーンから兄の話をよく聞いていたこともあって、とても仲のよい兄弟のままであることに玲もほっとした。

「そういえば婚約者殿、以前、結婚式にはモンツキハカマ？　とかいうものも着ることになっていると聞いたが、準備はできたかな？」

「紋付き袴《はかま》……」

婚約者はどうやら和装も予定していたようだ。玲が答えに困っているとイルファーンがこれにも助け船を出してくれた。

「もうすぐ出来上がる予定です。アラビアの民族衣装も着ますが、どうせなら日本古来の衣装も着て、楽しもうと思っています」

「そうか、あまり無理せずに準備をしろよ。まあ、とりあえず、お前たち二人の元気そうな顔が見られてよかった。公務の合間に顔を出したから、これでもう帰るよ」

マリクは来た時と同様、気軽に帰っていく。玲はイルファーンと一緒に部屋のドアからマリクの後ろ姿を見送った。マリクの姿が見えなくなってから、玲はドアを閉めてイルファーンに尋ねた。

「イルファーン、君は国が乱れることを憂い、遠慮する兄を王太子にし、自分は兄のサポートに回ることを選んだのかい？」

「それが目的ではないがな。結果的にそうなってしまったが、先ほども言ったように、私は側妃を娶るつもりはないから、王として失格なんだ」

「そんなに婚約者さんのことを……」

好きなんだ——とは、どうしても口に出せなかった。

「まあ、そうだな。初め、彼は身を引こうとしていた。私の正妃が日本人になることをよしと思わない人間がいることを知っていたからな」

イルファーンから初めて聞かされる婚約者の話だ。

「だが、彼こそがカシュラム王国の国王争いに終止符を打てる最適な人物だと私は思っていた」

「どうして？」

「彼は私の『運命のつがい』だから、だ」

運命のつがい——。

一生に一度会えるかどうかわからない、魂を呼び合うつがい。その名の通り『運命のつがい』だ。

玲の心臓が止まりそうになった。すでに何度もイルファーンの言動から自分には望みがないとわかっていたのに、また彼に失恋してしまったことを思い知らされる。

「運命のつがいである婚約者のお陰で、うるさ型の大臣たちが黙るのさ。運命のつがいを引き離そうとする人間はいないからな。それに以前から周囲に国王の座を狙っているのではないかと疑念を抱かれていたが、このお陰で私に邪心がないことも兄や大臣たちに証明できた。私の婚約者は私のためだけでなく、国のためにも大切な存在なんだ……」

大切な存在――。

「……そうか。早く婚約者が見つかるといいな」

「――もう、見つかっている」

「え？」

「見つかっているが、無理に連れ戻せないのさ……」

イルファーンが力なく答えた。玲はすぐに察しがついた。この王宮から逃げた婚約者なのだから、簡単に戻ってくるはずがない。彼もいろいろと手を尽くしているが、八方塞がりなのだろう。だからすぐに玲にも見つかったと言えなかったのかもしれない。

彼のやるせない思いが玲にも伝わってきた。

失恋ついでに、イルファーンのためにしてやれることはしないとな……。

翔太――。

翔太ではないかもしれない。でも――。

一度、弟の翔太に連絡を取って、もしイルファーンの婚約者であるのなら、カシュラム王国に戻るよう説得しようと、玲はひそかに心の中で誓った。

Ⅳ

聖団のトップでもあるまじない師が、資金調達のために、海運業で財を成したターヒルと秘密裏にコンタクトを取っていると聞いた翌日――。

なぜか玲はイルファーンと一緒に王都のカフェにいた。

ティータイムを楽しもうと約束していたフランスの老舗カフェである。

「昨日、ここに来られなかったからな」

「イルファーン……こんなことをしている時間はあるのか？　昨日、王宮でケーキを食べたのは、ここに来られなかった代わりじゃなかったのか？」

ミルフィーユを食べながら、玲は目の前で優雅にケーキを口にする男に声をかけた。

「あれはあれだ。あと、お前との約束が何よりの優先事項だから当然時間はある」

そんなことを堂々と告げてくる。

「お前なぁ……まったく緊張感がないんだけど」

「え？　お前とこうやってデートするのに、もっと私が緊張でドキドキしていたほうがいいということか？　今さらだが初々しい感じがして、少し照れるな」

　心なしか顔を赤くする彼を本気でどつきたくなるが、彼は王族、玲はどうにか衝動を抑えた。

「……違う。お前にそんな初々しさなんて求めていない。いや、そういうことじゃなくて、そのまじない師たちが宣戦布告してきただろう？　もっと警戒したほうがいいんじゃないか？　と言っているんだ」

「ああ、そっちか」

　そっちかって……。そっちしかないだろう。

　と、心の中で突っ込んでおく。イルファーンはイルファーンで、つまらなそうに説明し始めた。

「奴らはどうせ明後日《あさって》王都で開かれるパーティーまで騒動を起こす余裕はない。潜入させている者の報告によると、出資をしてくれそうな者へのコンタクトとサポートに忙しいようだ。だから入国した途端、こちら側に攻撃を仕掛けてきたのだろう」

　まじない師の男は、パーティーを利用して、ターヒル以外の出資者も見つけようとしているらしい。

「そのまじない師の男、王家から指名手配されているのに、どうして彼に出資しようとする輩が次々と現れるんだ？　そんなことをしたら、王家への謀反と受け取られてもおかしくないだろう？」

現状の王国に反旗を翻している聖団への資金提供は、罰せられないのだろうか。玲は不思議に思った。イルファーンは玲の問いに、行儀悪くフォークを指先で軽く回しながら答える。

「まじない師は身元を隠して出資者に接触をしているからだ。ターヒルも含めその男が聖団のトップとは気づいていないかもしれない。まあ、気づいていても知らない顔をして、ビジネスを優先している可能性が高いがな。ああ、あと、そもそもまじない師は面が割れていない。誰も彼の顔を知らない」

「顔を知らないって……」

「まじない師の男は常に仮面で顔を隠している。潜入させている部下も顔を見たことがない。余程の幹部でなければ彼の顔を知らないだろうな。だから素顔で行動されたら我々の包囲網をすり抜けてしまう」

「じゃあ、極端なことを言えば、もしかしたらこのカフェに本人がいるかもしれないってこと？」

「その通りだ」

思わず玲は周囲を見渡した。客の女性グループと目が合うが、玲と視線が合った途端、きゃっと短い悲鳴を出して、あからさまに視線を外す。

イルファーンの麗しい姿に、釘《くぎ》づけだったのだろう。今日のイルファーンは王族とばれないようにサングラスをかけた上に、シンプルな民族衣装を着ているが、醸し出される空気で、彼が一般人ではないことがすぐわかった。

この色男め。と、イルファーンに視線を戻して睨み上げると、彼が笑顔を寄越《よこ》してきた。

「玲、口許、カスタードがついているぞ」

「え？　本当か？」

慌ててナプキンで口許を拭くが取れない。

「ほら、ここ」

見兼ねたイルファーンが、玲の手を取ると、玲の指でカスタードを拭ってくれた。

「ああ、ありがと……」

そう言っている間に、イルファーンがカスタードのついた玲の指をそのまま舐める。

ええっ⁉

あまりに急な出来事に声さえも出なかった。

イルファーンの舐める仕草がいやらしすぎて周囲の目が気になるが、怖くて見ることができない。しかも近くの柱の陰にはＳＰだっていた。何か誤解されそうで変な汗が玲の背中に流れる。

いや、婚約者の振りをしているのだから、このくらいのいちゃつきは普通なのかもしれない。もちろん日本では普通ではないが、ここはカシュラム王国だ。あり得るかもしれない。そんなふうに無理やり思い込むことにして、心の平静を保つしかなかった。

「甘いな」

イルファーンが眩しいものでも見るかのように双眸を細めて笑う。彼のことが好きだと自覚した玲にとっては、この笑顔はとてつもなく破壊力が大きかった。

う、ときめきすぎて心臓が痛い……。

そんなことを思いながらも、玲は反論するのも忘れない。

「イルファーン、お前、人の指を舐めるな。びっくりするだろう？」

「びっくりさせたかったから、ちょうどよかった」

「イルファーン」

ドスの利いた声で諫《いさ》めるが、彼は笑顔のままだ。

「そのミルフィーユ、美味《おい》しいな。もう一口くれないか？」

イルファーンが図に乗って口をあーんと開き、食べさせてほしいと訴えてきた。

「自分で食べろよ」

玲が皿ごとミルフィーユをイルファーンに差し出すと、彼が残念そうに呟いた。

「デートらしくないじゃないか」

「そもそもデートじゃないし」

「玲は私の婚約者を演じてくれるんだろう？　デートだよ」

「う……。でもいい年して『あ～ん』はないぞ」

きっぱり告げると、イルファーンがぶつぶつ言いながらもミルフィーユを自分で口に運ぶ。そしてまた呟いた。

「間接キッスとか、昔、騒いだよな」

「イルファーン、念のため言っておくが、それ、間接キッスじゃないから。僕のフォークはここにある」

玲はフォークを片手で持って、ひらひらと彼に見せる。するとイルファーンは玲の手首を掴むと、自分のほうへ引き寄せた。

「え？」

玲が何をするんだと思っているうちに、イルファーンが今度はフォークをぺろりと舐めた。

「これで間接キッス成立だろう？」

「な……な、な、な……」

突然のことで玲は言葉を失う。

「ほら、玲もこっちのケーキを食べてみろよ。フルーツが新鮮なんだ」

口許まで持ってこられて、反射的に口を開けてしまう。『あ～ん』を人前で披露するバカカップル炸裂《さくれつ》だ。

玲がこの状況に動揺を隠せずにいるのに、イルファーンは余裕で満面の笑みを浮かべていた。

「な、美味しいだろう？」

ケーキに罪はない。玲はイルファーンを睨みながら頷くしかなかった。

なんでこいつはこんなにガンガン攻めてくるんだ？　いくら婚約者の代わりだといって

も、心臓がいくつあっても足りないぞ――！

「そんなに情熱的に見つめるな。我慢できなくなるだろう？」

何が我慢できなくなるんだ⁉

思わずフォークをテーブルに突き刺しそうになるが、辛うじて堪《こら》える。

「玲、そんなに震えて、可愛いな」

「震えているのは怒りからだ」

どこで誰が見ているかわからないので、玲はにっこりと笑顔を貼りつけて声にだけ怒気

を孕《はら》ませた。

「フッ、そういうところが可愛いんだ、玲」

小首を傾げて言われる。色男が小首を傾げるという行為は、かなりの威力があるのだと

身をもって玲は知った。その証拠に先ほど目がちらりと合った女性陣からまたもや悲鳴に

近い声が上がったのが聞こえてくる。

「う……」

頭を抱えた。イルファーンのことを好きだと自覚したこともあって、こんなふうに接せられると心臓が保たない。

大学時代の自分はどうやってこの男の色香を無視できたのだろう。誰か教えてほしい。

発情期ではセックスフレンドと言っても過言ではないつき合い方もしていた。それなのにイルファーンに恋心を抱かなかった自分は、鉄の心の持ち主だったに違いない。

とにかく気を引き締めよう。イルファーンには婚約者がいるんだ。ややこしいことに巻き込まれたくないから、さっさと気持ちを切り替えなければ……。

玲は再度自分に言い聞かせた。

「おや？」

急にイルファーンが窓の外を見て声を出した。玲も彼の視線の先を追う。なんと窓の外には見知った顔、翔太が張りついていた。

「な、翔太っ」

こんなところにいるはずがないのに、翔太が凄い形相でこちらを睨んでいる。

「玲、お前、翔太を呼んだのか？」

翔太の形相を見ても、まったく普段と変わらない様子でイルファーンが笑顔で尋ねてきた。

「昨日メールをしたんだが……」

昨日の夕食前に、少し時間ができたので、翔太にカシュラム王国へ来ないかとメールを送ったのだが、返事が来ないと思ったら、本人が来てしまった。

驚いていると、翔太がカフェに入ってきて玲の隣に乱暴に座った。

「殿下、玲に何をやっているんですか」

開口一番、早速イルファーンに喧嘩を売った翔太に、玲は頭を抱える。

「一緒にデートしていたところだが？」

「デートぉ⁉」

翔太が立ち上がりそうになったので、玲は慌てて彼を宥めた。

「翔太、落ち着け。それよりも、なんでお前がここにいるんだ？」

「玲が呼んだからだろう？」

「呼んだって……来ないか？　ってメールで誘っただけだぞ。それなのにいきなり現れるか？　突然すぎるだろう？　大体、ここまでどうやって来たんだ？」

「どうやって来たって……。玲からメール貰って、カシュラム王国行きの飛行機に間に合いそうだったから、そのまま十二時間乗って、今朝到着したんだ。それから王宮に問い合わせて、玲たちがここにいるって聞いたから来た」

驚くべき行動力だ。

「それより、玲、この男と親友以上の接触に見えるけど、僕の見間違い？」

翔太が腕を組んで偉そうに尋問してくる。

「いや、これには深いわけがあって……。実は婚約者の振りをしているんだ」

「婚約者の振り？」

みるみるうちに翔太の顔に怒気が浮かぶ。こんなに怒るのは、もしかして翔太の身代わりになって婚約者の振りをしているからだろうか。

「翔太、実はお前に聞きたいことがあるんだ。後で話を聞いてくれないか？」

「今、ここでは言えないこと？」

「……ああ、大切なお前にしか話せないことだ」

こういう言い方をすると、翔太の機嫌が少しよくなることを知っている自分は、狡い兄である。

「ふうん。なら後で……」

翔太が言いかけた時だった。イルファーンの声が耳に届く。

「ターヒルだ」

「え？」

イルファーンの声に玲は彼の視線の先へと目を向けた。

POSTCARD

STAMP HERE

101-8405

東京都千代田区
神田三崎町2-18-11

二見書房
シャレード文庫愛読者 係

通販ご希望の方は、書籍リストをお送りしますのでお手数をおかけしてしまい恐縮ではございますが、**03-3515-2311までお電話くださいませ。**

<ご住所>

<お名前> 様

<メールアドレス>

*誤送を防止するためアパート・マンション名は詳しくご記入ください。
*これより下は発送の際には使用しません。

TEL	職業／学年
年齢 代	お買い上げ書店

Charade 愛読者アンケート

この本を何でお知りになりましたか？

1. 店頭　2. WEB（　　　　　）　3. その他（　　　　　　　　）

この本をお買い上げになった理由を教えてください（複数回答可）。

1. 作家が好きだから（小説家・イラストレーター・漫画家）

2. カバーが気に入ったから　3. 内容紹介を見て

4. その他（　　　　　　　　）

読みたいジャンルやカップリングはありますか？

最近読んで面白かったBL作品と作家名、その理由を教えてください（他社作品可）。

お読みいただいたご感想、またはご意見、ご要望をお聞かせください。

作品タイトル：

ご協力ありがとうございました。
お送りいただいたご感想がメルマガに掲載となった場合、オリジナルグッズをプレゼントいたします。
HPのご意見・ご感想フォームからもアンケートをご記入いただけます ➔

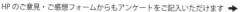

「今、車から降りてきた男、あの男が海運業を営むターヒルだ。こんなところで出会うとは奇遇だな」

窓の向こう側に、六人ほどの男性のグループがリムジンから降り、ちょうど歩道に立ったところが見える。

誰がターヒルなんだろう……。

玲が男たちの顔を確認していると、ふと見覚えのある顔に気づいた。ひょろっとした背の高い壮年の男だ。

っ――――！

刹那、全身が総毛立つ。

「あ……」

指先がティーカップに当たり、カチンと音を立てた。イルファーンが玲の異変に気づいて声をかける。

「玲？　どうした？」

「玲、大丈夫か？」

隣に座っていた翔太も心配そうに声をかけてきた。

ドクン！

「く……」

激しい動悸《どうき》に襲われた。この動悸には覚えがある。

これは――――。

そう思った瞬間、イルファーンのほうが玲自身より早く感じ取ったようだ。人目があるにもかかわらず、玲を抱き上げた。

「っ、玲、戻るぞ」

「ちょ、玲に何をするんですかっ！」

翔太がイルファーンを止めようとするも、イルファーンにきつく睨まれ立ち止まる。

「翔太、お前はそこのケーキを全部食べてから王宮に来い」

「な、それ、どういうことっ⁉」

翔太が声を上げるがイルファーンはそれを無視し、そのまま店を出た。すぐに車が店の前に横づけされる。イルファーンは玲を抱えたまま車に乗り込んだ。玲が異常を感じてから時間にして二分もないだろう。

「あっ……はぁ……」

苦しげに息を吐けば、イルファーンが服の首許を緩めてくれる。

「玲、発情期なのか？」

首を横に振って応える。

「ちが……まだ次の発情期……まで……一か月以上……あるっ……どうして……っ……」

「わかった。薬はあるか？」

「部屋に……予備が……」

「しばらくこれで我慢しろ」

そう言ってイルファーンが玲の唇を塞いだ。

「んっ……」

アルファのキスは発情したオメガには強烈な刺激を与える。だが、時と場合によっては発情を鎮める効果もあった。今のような時だ。ほんの少しのアルファの唾液は、オメガの暴力的な劣情を緩やかにしてくれた。

「玲っ」

ぎゅうっと抱き締められる。肺いっぱいにイルファーンの甘い香りを吸い込み、玲は眩暈を起こしそうになった。

好き——。だけど好きになったら駄目だ——。

そのまま頭を彼の胸に預けていると、イルファーンの鼓動が玲の鼓膜を震わせる。彼が緊張しているのがその鼓動の速さでわかった。玲のことを心配してくれているのだ。

「大……丈夫……イル……ファ……ン……」

「玲……私の大切な玲っ……もう少しだ、我慢してくれ」

「イルファーン……」

大切と言ってくれた。友人として最高の言葉だ。

玲は目を瞑って永遠とも感じる時間をやり過ごしたのだった。


王宮に戻ってすぐに玲は部屋へと運ばれた。使用人たちが慌ただしく動く中、イルファーンは人払いをした寝室のベッドに玲を下ろす。

「薬……スーツケースに……しまったまま……っ……」

イルファーンが玲の言葉を聞いて、スーツケースがしまってあるクローゼットへと行ってくれた。すぐにピルケースを持ってきてくれるが、薬を取り出した途端、表情を歪める。

「これは……お前に初めて発情期が来た時、飲もうとしていた劇薬と同じじゃないか」

どうやらイルファーンはしっかりあの時を覚えているようだ。

「あ……緊急用だから……普段は通常のを……」

「駄目だ」

そう言ってイルファーンはその薬を床に捨てた。

「なっ……」

思わず起き上がって、その薬に手を伸ばそうとすると、イルファーンがベッドに乗り上げ、覆い被さるように玲の躰の脇に手を突いた。

「学生時代のように私を使え。それで発情を制御できれば一番いい」

「よくないっ……」

「突発的な発情だ。アルファと肌を重ねればすぐに治まるだろう」

そうかもしれない。何かの発作のようなものかもしれない。だが――、

「な……君には……愛する人がいるだろう？　そんな不誠実なこと……をするなよ。僕は嫌だ。婚約者さんに……顔向けできないことをしたくないっ……」

婚約者が翔太だったとしたら、尚更だ――。

「大学生の時はいつもしていたじゃないか」

「それは君も僕も特定の人間がいなかったからだっ……」

「気にしなくていい。私の婚約者も事情を知れば怒ることなどしない」

イルファーンの言葉が信じられない。彼がそんな都合のいい言い訳を口にする男だとは思っていなかった。

「莫迦なことを言え！」

玲は力いっぱいイルファーンを押し返す。だが手に力が入らないこともあり、彼をどかすことはできなかった。逆に手首を取られ、その胸に引き寄せられる。

「くっ……」

「こんな危険な薬を飲むことを選ぶほど、お前は私に抱かれるのが嫌だったのか？」

「そういう……ことを……言ってる……んじゃない。君には……婚約者を大切に……して
ほしいんだ」

淫乱な魔力とも蔑まれるオメガのフェロモンで大切なイルファーンを惑わしたくない。

彼の幸せを壊したくない。

「離れろ、イルファーン……っ」

彼を全身全霊で拒む。だが彼の手は緩められることはなかった。

「今、目の前にいるお前を、私は一番大切にしたい。それが私の本心だ」

「イル……っ……」

いきなり唇を塞がれる。先ほど車でキスされたものとは全然違った。激しく深く、そし
て劣情を呼び覚ますアルファのキスだ。

「んんっ……」

玲の躰に官能の焔《ほのお》が灯《とも》る。下肢から湧き上がるような熱は、一度火がつくと簡単には消
えてくれなかった。

「あっ……」

イルファーンの指先が玲の衣服を剝《は》ぎ取っていく。

「玲……ああ、お前の肌の感触だ……」

うっとりしたような表情で囁かれる。彼とは学生時代、ずっとセックスフレンドのよう

な関係を持っていたが、こんな彼を見たことはなかった。

以前、これほど僕に執着していたか——？

目の前にいるのは誰だ——？

イルファーンはこんな奴じゃなかった。

誰だ、君は——？

記憶を探るも、なぜか黒い靄《もや》がかかったように感じ、しっかりと思い出せない。ただ目の前の男が、玲の知っているイルファーンと少し違うことだけはわかった。

「くっ……君は……誰だ……っ……？」

そう問うと、彼が少し傷ついた顔をした。そしてゆっくりと口を開く。

「イルファーンだ。お前のことを愛してやまない哀れなアルファだ」

そんなことを言わないでくれ。君には婚約者がいるんだろう？　僕の決心を揺るがすようなことを言わないでくれ——。

彼の唇が再び玲の唇を塞ぐ。玲もまたオメガの性に勝てず、アルファの背中に手を回してしまった。

＊＊＊

気づくと玲は、真っ暗な闇の中でぽつんと一人で立っていた。

夢？

不思議とこれが夢であることを知っている自分がいる。視線を遠くに向けると、うっすらと光が見えた。

目を凝らせば、そこに自分が苦しそうに呼吸をし、床に倒れている姿が見えた。

これ――。これはいつの話だっただろうか――。

確かこの時、頭が酷く痛み、意識が朦朧としていたのを覚えている。

そうだ、目を覚ますと、数人の男たちが座っていたんだった。

あの日――。

「おい、このオメガ、目が覚めたようだぜ」

男の一人が玲を指さして別の男に声を上げた。

「甘い匂いがぷんぷんするぜ」

「ああ、発情剤を飲ませたからな。今は男を咥えたくて堪らないはずさ」

玲の躰がわけもわからずじんじんと熱いのは、薬を飲まされたからだと彼らの会話から理解する。

「お頭、こいつ生かしておかないといけないんだよな」

「ああ、殺すなよ。ボロボロになるまで犯されたこのオメガを、イルファーン殿下に見せないといけないからな。殿下自らがこのオメガに愛想を尽かすように仕向けるのが目的だ。間違っても殺すなよ。あくまでも殿下に捨てられてから殺せ」

お頭と呼ばれた男の顔は仮面で覆われており、素顔が見えなかった。その男は玲に近づくと、顎を摑み上げた。

「お前も殿下とかかわらなければ、美人なオメガとしていい思いもできただろうに。不憫《ふびん》な奴だ」

「っ！」

玲は思いきり男の手を払い除《の》けた。その拍子に男の仮面に指が引っかかり、吹っ飛ぶ。

「くっ！」

一瞬、男の素顔が見えた。男は怒りの目を玲に向けるとすぐに仮面を拾い、自分の素顔を隠す。

「フッ……、このオメガ、私の顔を見たようだ。前言撤回だ。お前たちが好きなように抱き潰してからすぐに殺せ。そして死体を殿下にお見せしろ」

男の顔——。

その男の顔を、カフェの窓からまた見ることになるとは、この時の玲は思ってもいなかった。

＊＊＊

「はっ――――！」

玲は飛び起きた。

「どうした、玲！」

「はあ、はあ、はあ、はあ……」

鼓動が煩《うるさ》いほど鼓膜に響く。

「玲、大丈夫か？　何か悪い夢でも見たのか？」

「……イルファーン」

隣を見ると、輝く朝陽の中でイルファーンが心配そうに玲を見つめていた。

「……夢、か……」

玲は今の強烈な映像が夢であることに安堵する。だが夢にしてはあまりにも生々しく、未だに躰が震えていた。

「大丈夫か？　魘《うな》されていたぞ」

「大丈夫だ……」

「なら、いいが……」

彼の張りのある筋肉が玲の目に映り、イルファーンだけでなく自分も裸であることに気づく。そして彼と肌を重ねたことを思い出した。

「っ……」

反射的に躰を彼から退《ど》ける。

「玲……」

「ごめん……また君を巻き込んでしまった……ゃっ」

イルファーンにいきなり手首を摑まれたかと思うと、引き寄せられた。

「私を巻き込めばいい。むしろ私はお前のすべてにかかわりたいと思っている」

玲の見上げた瞳と、彼の真摯な瞳がぶつかる。

「な……婚約者がいるのに、何を言っているんだ。君はたった一人しか愛さないんだろう？　側妃を取りたくないから王位も遠ざけたというのに、何を言っているんだ」

玲の声にイルファーンの表情が曇った。彼もまた己が口にしたことを後悔しているようだ。

もしかしたらイルファーンも玲のことを愛してくれているのかもしれない。だが、それが真実だとしても、もう遅かった。彼には結婚間近の婚約者がいるのだ。絶対裏切るようなことはしてほしくなかった。

タイミングが悪かったと思うしかない。もっと早くから、大学時代からイルファーンを愛していることに気づいていたら、彼と恋人になれたかもしれない。そんな夢が玲の脳裏に一瞬過《よぎ》った。

だがこのまま二人ともお互いの恋情に気づかない振りをして、生きていくのが一番誰も傷つかない方法であることもわかっていた。

そう、お互い、このまま友人でいることが一番いい方法なのだ。

玲が視線を伏せて黙っていると、イルファーンが話題を変えてきた。

「……そういえば、玲、発情が治まったようだな」

玲もその話題に乗った。親友でいるために。

「本当だ。すっきりしている。いつもの発情期のものとは違ったようだ……。よかった」

「何かに触発されて突発的に発情期のような症状が出たんだろう」

「そうだな……」

突発的な発情で、きっと悪夢を見てしまったのだろう。仮面の男など、常識的に考えてあまりお目にかからない人物像だ。

仮面の男――――？

『まじない師の男は常に仮面で顔を隠している。潜入させている部下も彼の顔を見たことがない――』

イルファーンの言葉を思い出す。

なんだろう。心に引っかかる……。

どうして街で見かけた男が、夢で仮面を被って現れるんだ――?

まるで彼が聖団のまじない師だと言わんばかりの夢だった。

この話をイルファーンにしたほうがいいのだろうか。

玲が言おうかどうか悩んでいると、イルファーンから声がかかった。

「玲、何かあったのか? 言いたいことがあったら言ってくれ。どんな話でも聞く」

彼がそっと横から抱き締めてくれた。肌が触れたところからやんわりと優しい熱が伝わってくる。こんなことはいけないと思いつつも、その熱が玲の緊張した心を癒してくれるのも事実だった。

不思議なことを話す勇気を貰うために、今だけその熱に身を任せる。

「実は……イルファーン、僕もよくわからないんだ。だが、昨日、カフェでお前がタ一ヒルを見かけたって言ったよな?」

「ああ、お前が発情したような症状になる前に……あ、それが何か関係しているのか?」

「わからない。僕はあの時の男たちの誰がタ一ヒルかわからなかったが、一人だけ見覚えがあるような男がいたんだ。そいつの顔を見た途端、躰が反応したんだ。よくわからないけど、僕の躰は彼のことを覚えているような感じだった」

「知っている男だったのか？」

「それもわからない。ただ、その男がさっき夢にまで出てきて……その、どうしてか仮面をつけて顔を隠していた」

「仮面……？」

イルファーンの双眸が急に鋭くなった。

「なんだろう、これ夢なのかな。それとも現実なのかな。よくわからないんだ。ただ、僕はあの男を知っている気がする」

どうしてか知っている。会ったこともないはずなのに、彼を知っているのだ。

「玲、あの男とは、どの男のことだ？」

急にイルファーンが切羽詰まった様子で玲に尋ねてきた。玲はその様子に驚きを覚えながら答える。

「どの男とは具体的には。みんな民族衣装着ていたから、細かい違いはわからない。ただ細身で背の高い四十代くらいの男だった……」

「もう一度見たらわかるか？」

「たぶん」

「その男が、本当にまじない師であれば、もしかしたら今度のパーティーにも顔を出しているかもしれないな」

「でもただの夢の可能性が高いぞ」

「……いや、お前は……いや、夢の可能性が高くても……情報として知っておきたい」

どこか歯切れの悪い言い方が気になったが、イルファーンも、まじない師の情報はきっと喉から手が出るほど欲しいに違いない。それで少し焦っているのかもしれないと思うことにした。

「今度こそ一網打尽にしてやる」

イルファーンが玲の肩口に額を乗せて呟いた。玲は彼の静かな怒りを肌越しに感じて目を閉じるが、同時に翔太のことを思い出す。発情した躰を制するのが精いっぱいで、弟のことを忘れていた。

「っ、イルファーン、翔太は？」

「ああ、彼はあれから王宮に帰ってきて、今、客として滞在してもらっている」

「よかった……」

翔太のことを聞き出すなら、今がいいタイミングだ。

玲は覚悟して口を開いた。

「イルファーン、君の婚約者って……翔太か？」

「え……」

彼の引き締まった躰がぴくりと動く。玲は思いきって彼の顔を見上げた。そこには悲しみに瞳を揺らすイルファーンの顔があった。

「イルファーン？」

玲の呼びかけに、我に返ったようではっとした表情をする。

「違うよ。翔太は私の婚約者ではない。どこでそんな勘違いをしたんだ？」

「いや、なんとなく……」

以前よりも翔太に対して何か気遣いを感じたのだが、それも漠然としたものでしかなかった。確証はなく、玲のただの勘にすぎない。

「違うのか？」

「ああ、違う」

彼の腕が背中に回り、ぎゅうっと抱き締めてくる。絶対に玲を放さないとでも言っているような気がした。

「イルファーン……」

「前にも話したが、私の婚約者はもうどこにいるかわかっている。ただ体調不良で無理をさせられないだけだ。連れ戻したいが、それで彼がもっと悪くなったらと思うと連れ戻せない」

震えそうな声でイルファーンが囁く。一瞬、泣いているのではないかと思うほどだった。

「本当に大切な婚約者さんなんだな……」

「ああ、大切だ。私の命より――大切だ」

彼の喉から絞り出される声は切ない。玲は胸が苦しくなるのを自覚しながら、イルファーンの背中を優しく撫でた。

玲に今できることは、もうこれくらいしかないのだと、思い知らされるようだ。学生時代と違い、イルファーンを慰めることもできない立場であることに気づかされた。

遠い道のりの行く先は、イルファーンの進む道と重なっていないのだ。

自分はそんな未来を受け入れられるだろうか――。

玲の頬を静かに涙が零れ落ちていった。

V

そのパーティーは王都でも有名なレストランを貸し切って開かれた。表向きはカシュラム王国で成功している外国人富裕層と、王国の有力氏族の懇親会だ。

当然だが、この顔ぶれで怪しい取り引きがされていないということはあり得ない。司法の目を盗んで汚く金を稼ぐ魑《ち》魅《み》魍魎《もうりょう》は、残念ながらこの王都にもかなりの数がいた。

イルファーンと玲は変装して、このパーティー会場に潜入していた。イルファーンの民族衣装はいつも通りであったが、茶色がかったかつらをかぶり、ブルーのコンタクトレンズを嵌めている。玲は、日本人は目立つということで、ニカブという目許以外はすっぽりと布で覆う女性の衣装を身に纏うことになった。

カシュラム王国ではヒジャブというスカーフの一種を纏うのが主流なので、この衣装にしたことで、自然と外国から来た客人に見えるのだ。

そんなイルファーンと玲から少し離れたところで、翔太も男性用の民族衣装を着て待機していた。護衛のラシードたちと一緒に物陰に隠れている。

翔太は当初、パーティーの潜入に猛反対したのだが、結局はぶつぶつ文句を言いながらもついてきたのだ。

＊＊＊

それは、ほんの数時間前のことである。

玲が今夜のパーティーへ行くために変装をしていたところを翔太に見つかってしまい、猛烈に反対されてしまった。

「玲自身がパーティーに出向いて犯人を捕まえるなんて……僕は反対だ。玲がどうして囮みたいなことをしないといけないんだ？　危険なことは殿下にしてもらえばいい」

「囮じゃないよ。僕しか顔を知らない男が、もしかしてイルファーンの婚約者を狙う犯罪者かもしれないから、顔のチェックをしにいくんだ」

「犯人の人相書きみたいなの、ないのか？　こんな顔です、って絵を描けば済む話じゃないか」

翔太が腕を組んで玲を睨んでくる。これではどちらが兄かわかったものではない。玲は苦笑しながら翔太に説明した。

「それが、そこまで鮮明に覚えていないんだ。正確に言うと覚えているというか、夢みたいなものを見ただけで、人相もそんなに特徴のあるものではなかったから、実際に見てみないと、はっきり認識できないんだ」

「そんなのだったら、行かなくてもいいじゃないか。夢で見た人と似ている人を見たなんて、僕だってあるさ。そんなたまたま夢で見た人に似ているからって、犯罪者にしたら駄目だろう？」

「そこはイルファーンがしっかり調べてくれるし、犯罪者と確定するまでは、扱いも丁寧にすると言ってた」

「危険だろう？　どうして玲がそんな危険なことをしなくちゃいけないいんだ。あいつなんて、もう見放しちゃえよ。玲の人生にかかわらせるなよ」

また翔太の『イルファーン嫌い』が出る。

「……翔太はどうしてそこまでイルファーンを嫌うんだ？　なんでもないって言っていたから、あえて追及するのをやめたけど、以前はそんなふうじゃなかったよな」

玲が改めて問いただすと、翔太は言葉を詰まらせた。怪しい。

イルファーンには翔太が婚約者ではないと聞いているが、翔太にも問いただしたほうがいいかもしれない。

「翔太、今から尋ねることに、正直に答えるんだ」

「改めて、なに？」

「お前、まさかと思うが、イルファーンの婚約者だってことはないよな？」

「は？」

玲の質問に翔太が素っ頓狂な声を上げる。鳩《はと》が豆鉄砲を食ったような顔をして、躰を固まらせていた。

「喧嘩して、王宮を飛び出したとかないよな？」

「な、ないない。玲の妄想が怖いレベルに達しているんだけど、なに？　それ」

あまりに驚いたせいか、まるで油が切れたブリキの人形のように、ぎこちない様子で答えてきた。玲はその様子を不審に思いながらも、話を続ける。

「急にイルファーンを目の敵《かたき》にするから何かあったのかなって思うだろう？　それにイルファーンの日本人の婚約者が消えたって聞いたから、もしかしてお前がイルファーンと喧嘩して、王宮を飛び出したのかなって考えたんだが、違うのか？」

「ち、違うよ」

翔太の答えが、これもぎこちない。

「ふぅん……じゃあ、お前の態度とは逆に、イルファーンがお前のことを気にしているのはどうしてだ？　以前はそんなことなかったのに、だぞ？」

「そ、そんなこと、知らないよ。どうしてそれが僕と殿下が婚約していることになるんだよ、玲」

「二人が以前と違う態度を示しているんだ。普通、怪しいと思うだろう？　お前たち、婚約したことを僕に秘密にしていたのかなって勘繰りたくなるじゃないか」

玲の言葉に、翔太は額に手を当てて天を見上げた。

「そんなこと、勘繰らなくてもいい。絶対あり得ないからな」

「じゃあ、どうしてそんなに嫌っているんだ？」

尋ねると、一瞬翔太は言葉を詰まらせる。そしてそのまま小さな声で答えた。

「……嫌いになるのに理由はない」

なんとも嘘っぽい。何か隠している感じが思いっきりした。

「まあ、無理強いして聞くつもりはないけど……。じゃあ、翔太が婚約者でないとしたら、尚更僕はパーティーに参加して、イルファーンの婚約者が早く戻ってこられるよう協力するしかない。翔太、止めるなよ」

「危ないって言っているだろう？　玲」

「危険なことはしないつもりだし、イルファーンや護衛の人たちもいる。それに犯人を捕まえないと、僕もいつまで経っても日本に戻れないし、ずっと危険に晒されるからな」

「玲……」

翔太が困り果てた顔をする。だが玲はそれよりも気になることがあった。

『——犯人を捕まえないと、僕もいつまで経っても日本に戻れないし、ずっと危険に晒

される からな』

いきなりそう告げたのに、翔太はその内容に疑問を持たずにいる。普通なら、どうして玲が危険に晒されているのか気になるはずだ。

翔太は僕が狙われていることを知っている。しかも婚約者と勘違いされていることも知っているようだ……。

どうして――？

ここに来るまでに誰かに聞いた？

何かが引っかかるが、上手く結びつかなかった。絡まった結び目が解《ほど》けないような、もどかしさだけが残る。

翔太をじっと見つめていると、彼の表情が鋭くなった。

「翔太？」

また反対されるのかと身構えるが、予想外の言葉が翔太から放たれる。

「玲、決めたよ。僕もそのパーティーへ行く」

「え？」

「ここで玲の安否を心配しているより、一緒に行って、近くで様子を見ていたほうが精神的にもいい。一緒に行く」

こうして翔太もパーティーに行くことになってしまった。

玲は物陰で隠れているはずの翔太にちらりと視線を向けてから、小さく溜息をついた。翔太がとても心配してくれていることはわかっている。だが、玲も同じく翔太を危険な目に遭わせたくないと思っているので、呼んでしまったことを後悔していた。

＊＊＊

イルファーン曰く、玲も翔太も、なんなら長男の真輝も含めて、仲がいいのを通り越してブラコン兄弟らしい。確かに玲自身もそのことには多少自覚があった。

とりあえず危険なことはないはずだ。まじない師かもしれない男を見つけたら、それをイルファーンに知らせるだけなのだから。

そんなことを考えていると、イルファーンが耳許で囁いてきた。

「玲、右端の奥、エメラルドの大きな指輪をしている男が見えるか?」

言われた通り、さりげなく右端に視線を遣る。

「えっと……ああ、あの男か」

指にごついエメラルドの指輪を嵌めた、いかにも富豪らしい体格をした壮年の男が、数人に囲まれて歓談しているのが見えた。

「あいつがターヒルだ」

「なるほど……覚えておく」

「あの男をチェックしていれば、今夜必ずまじない師が接触をしてくるだろう。覚えのある顔があったら教えてくれ」

「ああ、でも前にも話したけど、まじない師ではない可能性も高いが、いいのか？」

翔太にも言われたが、夢で見ただけの男だ。だが、正直、玲もそれが夢という範疇のものではない気がしているのも確かだった。

おかしな話だけど、あれは現実にあったことだと思う……。

ＳＦ映画や小説などでよく見るパラレルワールドみたいな世界なのだろうかと本気に思えるほど、あの夢には現実味があった。

「かまわない。すでにターヒルだけでも、しょっ引けるだけの罪を把握している。その際にお前が見つけたまじない師かもしれない男も、ついでに捕まえて取り調べをするだけだ」

あくまでも、巻き添えを食った形を装って、取り調べをするつもりのようだ。

「まじない師だと確定するまで、不当な扱いはするなよ」

「わかっているさ」

イルファーンが人の悪い笑みを浮かべるので、なんとなく信用できないのだが、信じるしかない。

玲はイルファーンと共にさりげなく会場の隅へ移動し、悪目立ちしないように立食を適度に楽しみながら、次々と客と挨拶を交わすターヒルをチェックした。

しばらくしてターヒルの前に一人の背の高い壮年の男が現れた。見た瞬間。玲の全身に鳥肌が立つ。

「おお、サージャ殿、よくぞいらしてくださった」

ターヒルがその男に笑みを向ける。サージャと呼ばれた男もにこやかに挨拶を返した。

彼だ――。

玲はこの男のことを覚えていないのに、躰は覚えているらしかった。嫌悪が湧き起こり、吐き気がする。

「イルファーン、彼だ」

玲の声にイルファーンが隠れていたSPに合図を送る。途端、大勢の人間がフロアに押し入り、ターヒルを取り囲んだ。

「なっ！　きさまたち、なんなんだ！」

ターヒルは突然の出来事に声を荒らげた。サージャも事の成り行きをターヒルの隣で見つめている。

「絶滅危惧種の動物の違法取り引きについて、話をお聞きしたい、ターヒル殿」

「なんの話だっ！」

ターヒルが声を上げたと同時に、サージャが隙を見て逃げ出した。大勢の招待客の悲鳴があちらこちらから響く。

「待て！」

ＳＰが捕まえようとするのを、彼は上手く躱《かわ》し、レストランの外へ向かって走った。そこにちょうど翔太が偶然にも立っており、サージャの前を塞いだ。

「逃すか！」

「退けっ！」

彼が懐からナイフを取り出し、翔太に向かって振りかざした。

「翔太っ！」

玲は咄嗟に横からサージャに体当たりをした。そのままサージャと一緒に床に倒れ込む。

「玲っ！」

「玲！」

翔太とイルファーンの声がしたかと思うと、立ち上がったサージャに玲は腕を引っ張られた。そのまま羽交い絞めにされて首筋にナイフを突きつけられる。

「この女の命が惜しければ、道を開けろ！」

サージャは玲を完全に女性だと思い込んでいるようだ。

ここは油断させて、タイミングを計って抵抗すれば逃げられるかも……。

玲はサージャの動きに細心の注意を払い、逃げるタイミングを見計らっていた。だが、

「ん？　お前、女じゃないな」

男であることに気づかれる。

「顔を見せろ」

乱暴に玲のニカブがナイフで切り裂かれ、取り去られた。

「くっ……」

ニカブの下から玲の顔が見えるや否や、サージャの口許がにやりと歪む。

「おや？　これはこれは、日本人のオメガ殿ではないですか？」

突然口調が変わる。慇懃《いんぎん》無礼な言い方だった。

「前回は運よく逃げられましたが、ここで再会できたのも、何かの縁ですねぇ」

前回――――？

刹那、恐怖が腹の底から湧き起こってきた。先日見た夢が玲に襲いかかり、悪夢に飲み込まれるような錯覚を覚える。

「ご存じですか？　あなたのせいで、優秀な王となるべき御人が、王になれないということを――――」

何かが玲の脳裏で閃《ひらめ》いた。

『イルファーン、僕のせいで君が王になれないなんて……』

『君のせいではない。私は最初から兄上が王になるべきだと思っていた――』

この会話はいつしたんだろう。遠い昔にしたような……。

意味のわからない記憶が湧き出す。

「あ……」

把握しきれない記憶についていけず、くらくらした。だが今はそれに構っている余裕はない。目の前のことに対処しなければいけなかった。

玲は意識をしっかり持ち、自分に背後からナイフを突きつけるサージャを振り返り、睨みつけた。

「僕を殺したところで、きさまが思うようにカシュラム王国は動かせないぞ！」

「あなたが身を引けば、このカシュラム王国は正しい王の許、ますます繁栄し、豊かな未来が約束されますでしょう。それなのに、自信の強欲さゆえに妃になりたいなどと言語道断！」

いきなり彼が玲の背中をどんと押して突き放した。そしてすぐに懐から銃を取り出し、玲に銃口を向ける。

「万死に値する罪深さだ！　死をもって贖罪《しょくざい》しろ」

「っ！」

もう終わりだ――！

玲が諦めて無機質な銃口を見つめた時だった。ＳＰの一人がサージャの後ろに忍び寄り、銃を握った手を掴み上げた。同時に玲の躰を誰かが包み込み、床へと押し倒される。パンという軽い音が弾けた。

「きゃあ！」

女性の悲鳴が鼓膜に響く。気づけば玲はイルファーンに抱きかかえられたまま床に転がっていた。目を正面に向けると、サージャが大勢のＳＰたちによって押さえつけられている。銃は天井に向かって発砲されたようで、サージャはＳＰによって手を捻《ひね》り上げられていた。

「玲、玲っ！　大丈夫か？」

「イルファーン……」

「ああ、玲……」

イルファーンがきつく抱き締めてきた。玲はそのぬくもりでようやく自分が助かったことを知る。そして同時にイルファーンが危険を冒して玲を助けたことにも気づき、真っ青になった。

「っ！　イルファーン、君は大丈夫か？　怪我はっ？」

「ああ、大丈夫だ。銃弾も当たっていないし、怪我もない」

「……よかった」

玲は彼の胸に頬を預け、その鼓動がきちんと動いていることに安堵して目を閉じる。
こんな場面……前にもあった?
急にデジャブのような不思議な感覚に襲われる。
その時も、必死な形相でイルファーンが玲を覗き込んでいたような気がした。
あれは――。

Ⅵ

そうだ。あれは――。

一か月前、イルファーンが日本にやってきていた時、玲は翔太と出掛け、わずかな隙を狙われて聖団に誘拐された。

その時、玲はまじない師、サージャの素顔を偶然に見てしまった。

暴れた際に玲の指が彼の仮面に引っかかり、彼の顔から仮面を剝ぎ取ったのだ。

彼はすぐに仮面をつけて素顔を隠したが、そのほんの一瞬、玲は男の顔をしっかり見た。

それに気づいたサージャは軽く舌打ちをすると、背後にいた男たちに命令した。

「このオメガ、私の顔を見たようだ。前言撤回だ。お前たちが好きなように抱き潰してからすぐに殺せ」

「わかりやした」

見ただけでただの一般人ではないことがわかる風貌の男が返事をした。その男の返事にサージャは小さく頷くと、さらに言葉を足す。

「それからこのオメガに我が聖団秘伝の自白剤を飲ませろ。イルファーン殿下の弱点を探るのだ。あと第一王子の主治医を吐かせろ。主治医を抱き込めば、毒を盛れるからな」

その口からは恐ろしい言葉が吐かれた。玲だけでなく、玲を捕らえていた男も少しばかり驚いた様子を見せる。

「お頭《かしら》、今、発情剤を飲ませたばかりですぜ。あれは発情剤を飲ませた後に服用すると、心臓に負担がかかって死ぬ確率が高くなり、自白剤としてはいまいちの効果になりますがいいんですかい？」

「死んだら死んだで、ちょうどいい。殺す手間が省ける。殿下の弱点が知れたら運がいいくらいに思えばいいさ」

「わかりやした」

男の一人が返事をする。

自白剤？　死ぬ可能性が高い——？

そんな怪しいものなど口にしたくなかった。

「ほら、飲めよ」

玲の口に小瓶に入った液体を押しつけられる。玲は意地でも口を開けなかった。だがそれもそんなに長くは抵抗できなかった。結局男に無理やり口を開けさせられ、喉に液体を流し込まれてしまう。

「っ……」

「両手足を拘束しろ。幻覚が見えて暴れることもあるからな」

男たちは言われた通り、玲の手足をロープで拘束した。

「あ……」

薬のせいか、すぐに頭がぼうっとしてくる。まるで霞《かすみ》がかかったように、思考が曖昧になってきた。玲は床に座り込み躰を壁に預ける。しばらくすると自分の躰が自分のものではないような不思議な感覚に襲われた。心臓の鼓動がおかしい。全身から冷や汗が出て意識が遠のいた。

もしかしたら死ぬのか……？

「尋問を開始しろ。私はこのままカシュラム王国へ戻る。それから死体は殿下に送って差し上げろ。殿下もそれで目が覚め、己の間違いに気づき、次期国王としての自覚を持つようになればいいのだがな」

まじない師はそのまま玲と男たちを置いて、さっさと部屋から出ていってしまった。

「さあ、意識も朦朧としていることだし、俺たちも早速尋問を開始するか。遅くなると、お楽しみの前に、こいつの命がなくなっているかもしれないしな」

「そうだよな。発情剤を飲ませたオメガなんて、滅多に抱けないもんな」

玲の意識が途切れてがくりと項垂《うなだ》れると、男たち二人がかりで顔を上げさせられた。

「ほら、さっさと答えろ、イルファーン殿下の弱みはなんだ？　何と引き換えにしたら我々の意見を聞くんだ？　答えろ」

イルファーンの弱み……いくつかふと思い浮かぶ。彼が国のために興している事業もその一つだ。あと家族もとても大切にしている。部下に対しても粗末に扱ったりはしなかった。

だがそれはそのすべてが彼の弱点になり得るかもしれないということを示していた。

僕のことも大切にしてくれている――。

玲は頭の奥のほうで、そんなことをちらりと考えた。

そうであるなら嬉しい。だが、ここでもし自分が命を落とすようならば、そうであってほしくなかった。

イルファーンが悲しむ姿を見たくない。僕が死んでも前を向いて歩いていってほしい。

決して僕が弱みであってほしくない――。

「ほら、さっさと言えっ！　言ったら楽になるぞ！」

「あ……」

すべてを頭から消さなければ――。イルファーンの好きなもの、弱点、家族のこと、すべて消さなければ。そうでなければ、こうしているうちに、いつかイルファーンにとって不利なことを口にしてしまう。

何も知らない――。

僕は何も知らない、忘れてしまえ――。

忘れてしまえ――。

「ほら、話せっ！　酷い目に遭いたいかっ！」

がくがくと揺さぶられる。そのたびにぽろぽろと頭から何かが消えていくような気がした。

遠くで爆発音のような音が聞こえる。誰かが泣き叫ぶように玲の名前を呼んでいた。見上げると、イルファーンがこの世の終わりのような顔をして玲を見つめている。

「玲っ！」

玲はその悲しげな声を聞きながら、とうとう意識を失った。

そして次に目が覚めた時は、都内のベッドの上で、周囲には玲の家族だけがいた。銀座で翔太と買い物をしていたら熱中症で倒れたのだと言われた。

それがこの国に来る、一か月前の出来事だった。

＊＊＊

今から一か月前――。

玲に会うため日本に来ていたイルファーンに、玲が記憶喪失だと連絡が入ったのは、誘拐事件を日本の警察と処理していた時だった。

昨日、玲は弟の翔太とショッピングをしている最中に聖団の人間に誘拐され、監禁されたのだ。その際、薬を使われたこともあり、玲は意識不明に陥っていた。

イルファーンはすぐに病院へ戻り、用意された一室で玲の家族と会った。

彼らの話によると、どうにか玲は目を覚ましたが、ここ一年くらいのイルファーンとの出来事は一切覚えていないらしい。

そして何よりもイルファーンを叩きのめしたのは、玲がイルファーンに対する愛情という感情だけを、年月に関係なくすべて忘れてしまったということだった。

「玲は、殿下のことは、覚えてはいるのです」

病院の一室で、玲の両親は大層辛そうな表情をして玲の現状を医者と共に説明し始めた。

幸い全員英語が話せるので、英語なら意思疎通を図ることができた。

「殿下と一緒に大学時代を過ごしたことも覚えております。ただ、恋人としてつき合っていたこと、婚約をしていることに関しては、どうしてかすっぽりと記憶から抜け落ちているのです」

「どういうことだ？」

イルファーンは喉が渇いてひりつくような感覚を持ちながら、どうにか声を出した。すると今度は長男の真輝が話し始める。

「私がイルファーン殿下に連絡をしようと、玲に言ったところ、玲は『どうして?』と言い、『ここ一年以上、音信不通で会ってないから、僕がちょっと倒れたくらいで連絡するのはおかしいよ』と言ったのです」

「な……」

一年以上音信不通なわけがなかった。

約一年前、イルファーンは玲と婚約したのだから。

大学の卒業間際にやっとお互いの気持ちを通じ合わせて恋人になった二人は、それからずっと日本とカシュラム王国を行き来して愛を深めていたのだ。音信不通など一度たりともなかった。

「玲にとって、殿下は一年以上、会っていない人なのです。もちろん婚約のことも頭から抜け落ちております」

「……それは玲の記憶がおかしいということか?」

そのイルファーンの質問に答えたのは、玲の主治医だという医師だ。

「ええ、たぶん。ここ一年間においては、殿下のことすべてに対して記憶を失っています。そのため会っていないという認識になっているのだと思われます」

「莫迦な……」

言葉を失うとは、まさにこのことだ。医師の話はさらに続いた。

「それからご家族で、玲さんにさりげなく大学時代の話などを聞いたのですが、殿下のことは以前とはまったく違う反応で、親友の一人としてしか認識していないことがわかりました」

思わず瞠目《どうもく》する。何もかも信じられなかった。

「な……。玲と私は婚約して一年も経っているのだぞ。それをまったく忘れた上に、過去に遡《さかのぼ》って私への感情もなくなったというのか⁉ なんの罰だ！」

思わず机を両手で叩いてしまう。樺沢家の者は皆、一瞬驚いて目を見開くが、比較的冷静であった医者が口を開いた。

「残念ながら、玲さんに何かがあったということは確かです。殿下の記憶を閉じ込めなければならないほどの何かが、彼に起きたのでしょう。今は彼にあまり無理強いをしないことです。記憶喪失は大変繊細なものです。忘れていることで、心のバランスを保っていると言っても過言ではありません。ですから無理に思い出させようとするのも、よくありません」

「そんな……」

目の前が真っ暗になった。愛する人が自分への感情をすっかり忘れてしまったという事実が受け止められない。

「玲っ……」

どうして、こんなことに――――!

『イルファーン……』

昨日まで笑って名前を呼んでくれていた愛しい人。もう、愛おしげに私の名前を呼んでくれないのだろうか――。

「っ……」

イルファーンは溢れる涙を抑えることができなかった。

だが、そんな中でも一つの希望はあった。

玲は生きている。

記憶を失ったとしても、玲が同じ世界で生きていてくれる。

それが唯一の希望であった。

玲が生きていれば、イルファーンは生きていける。たとえ忘れられようとも、何度でも何度でも愛を乞おう。

いつかきっと私のことを思い出してくれると信じているから――。

「――わかった。彼の記憶を無理やり掘り返すようなことはしない。自然のまま、彼が思い出してくれるのを待つ」

するとは玲の父親が言いにくそうに口を開いた。

「ですが殿下、玲がいつ殿下への愛情を思い出すのかわかりません。殿下のご迷惑になるようなことは……」

「迷惑ではない」

きっぱり告げると、何か言おうとしていた彼は、そのまま口を閉ざした。もしかしたら『諦めろ』と言いたかったのかもしれないが、それを受け入れる気はない。

だが、そこに翔太が割り込んできた。

「イルファーン殿下、今後、兄の見舞いは控えてください。あと、兄のスマホの番号を変え、その他にも殿下との痕跡はすべて消させていただきます」

「翔太……」

玲の弟である翔太は以前からイルファーンと玲の結婚に、全面的に賛成はしていない。兄が幸せであるなら仕方がないというスタンスだった。

「兄は殿下のトラブルに巻き込まれてこんなことになってしまったんです。もう二度と兄に会わないでください。兄を王族のきなくさいトラブルから解放してやってください」

翔太は臆することなくイルファーンを睨んだ。

「あなたは僕と約束したはずです。兄を幸せにすると。だけど結果はこの通りだ。兄を傷つけて……絶対に僕は二人の結婚を認めません！」

「翔太、口を慎みなさい」

兄の真輝に窘《たしな》められて、翔太が不満げに黙る。だがこれがきっと樺沢家の気持ちであることが伝わってきた。

イルファーンは顔を上げ、玲の家族をしっかりと見つめた。

「玲を我が国のトラブルに巻き込んでしまったことは、本当に申し訳ないと思っている。謝って済む問題ではないことも重々わかっている」

「イルファーン殿下……」

「だが玲はすでに狙われている。逆にこのまま日本にいたら危険だ。彼が通常の生活に戻ったら、早急にカシュラムへ連れていきたいと思っている。カシュラムにいれば、王族と同等の警護ができる。だから、玲を私に預けてほしい。勝手な願いだとわかっている。そこをどうかお願いしたい――」

イルファーンは日本式に頭を下げた。すると樺沢家の面々が慌ててそれを制する。

「殿下、頭をお上げください」

「許してもらえるまでは、頭を上げないつもりだ」

「……わかりました、殿下。玲も記憶が戻れば、殿下と共に生きたいと思うでしょう。どうか不肖の倅《せがれ》ですが、何卒、よろしくお願いします」

「父さん！」

翔太が声を上げた。

「僕は反対だ。玲が危険な目に遭うことは絶対に許さない」

「翔太、お前の気持ちもわかる。だが玲はどうかな。イルファーン殿下と引き離されることを望んでいるだろうか」

「っ……」

父の声に翔太は言葉を失った。父はそんな翔太を横目にイルファーンに話しかけてきた。

「殿下はこれからどうされるおつもりですか？」

「まずはすぐにカシュラム王国に戻り、聖団の首謀者らを片づけてくる。玲には私の護衛を置いていく。その辺の警護よりは腕がいい」

するとと今度は兄の真輝が尋ねてくる。

「玲が出国するのはいつぐらいの予定ですか？」

「玲の体調次第だと思っている」

「記憶を失っているのに、急にカシュラム王国へ連れていかれたら、玲だって変に思うぞ」

翔太がこちらを睨みながら告げた。

「それは考えて対処する」

イルファーンは椅子から立ち上がった。帰りの飛行機のことを考えると、そろそろ出発しなければならない時間となっている。

「玲は今、どうしている？」

せめて顔を見て帰りたい。婚約者であることを忘れていても、きっと親友の顔では会ってくれるはずだ。だが、

「薬で眠っております」

残酷な一言が返ってきた。イルファーンは静かに目を閉じ、気持ちを落ち着かせる。

「玲を一目見てから帰ろう……」

「僕も行きます」

翔太が立ち上がり、そのままイルファーンの後に続いた。玲の病室までのわずかな距離の廊下を二人で歩く。

「殿下、兄は僕と銀座に買い物に出掛けて、そこで熱中症で倒れて目が覚めたら病院だったという記憶になっています」

翔太と銀座に買い物に出掛けたのは本当だが、そこから玲だけが聖団の人間に誘拐されたのだ。そしてイルファーンが救出に入るまでに、玲の躰に怪我はなかったが、精神的拷問を受けた様子があった。

どうして買い物に一緒に行ってやらなかったんだろう――。

何度悔やんでも悔やみきれない。

兄弟水入らずで行かせてやろうと思ったことが裏目に出てしまった。

「――わかった。今後、襲撃されたことは私の口からは告げないようにしよう」

「……僕は殿下との結婚を反対していました。兄がどうしても殿下とでないと幸せになれないなんて言うから、認めたのです。なのに……兄を傷つけて――」

「……それに関しては、何も言い訳ができない。お前の言う通りだ。私の責任だ」

「そんな言い方でっ！」

「翔太、やめなさい」

翔太が何かしないか心配だったのか、長男の真輝が二人の後を追ってきていた。

「殿下、申し訳ありません。翔太は昔からお兄ちゃん子で、玲が心配なあまり、このような失礼なことを……」

「言われて当然だ」

「殿下……」

真輝の表情が沈む。

「悪いが、玲と二人きりにしてくれ」

「わかりました。翔太、行くぞ」

真輝が翔太の手を取り、引っ張って連れていく。その後ろ姿を見て、イルファーンは玲の病室へ入ろうとした。すると遠くで翔太が真輝に文句を言っているのが聞こえる。

「兄貴、どうしてもっと殿下に文句を言わないんだっ」

「翔太、今、一番辛いのは誰だと思っている？　殿下だぞ」

「っ……」

翔太の声がそこで止まる。彼もまたイルファーンのことを哀れにでも思ったのだろうか。

「私をもっと責めろ……」

同情などいらない。玲を危険な目に遭わせたことを、もっと責めればいいのだ。

誰でもいい。私を罰する人間が欲しい――。

イルファーンは息をひそめると、そのまま玲の病室へ入った。


病室はとても静かだった。特別室だけあって、ホテルのような一室だ。その部屋のほぼ中央に置かれているベッドの上に、玲は寝かされていた。

「玲……」

青白い顔をした玲がベッドの上で静かに寝息を立てている。それで彼が生きていることを実感した。

「……よかった」

安堵のあまり、ベッドの脇に崩れるようにして膝をつく。そして玲を起こさないよう小さな声で呟いた。

「本当によかった……お前が生きていてくれて……」

彼が生きているだけで幸せだと思った。何ものにも代えがたい愛する人だ。

「お前が私のことを忘れてしまったのは、きっと理由があるんだろう?」

ベッドに肘をついて手を組む。そこに額を当て祈った。

「玲、お願いだ。私を捨てないでくれ。お前がいないと私は生きていけない。息さえできないんだ」

本当は玲の手を握りたかった。だがせっかく眠っている彼を起こしたくはなかった。それに万が一、目が覚めてイルファーンに気づいたら、玲は困惑するだろう。

もう一年以上、音信不通で会っていないと思っているから――。

「愛している、玲。きっとお前は私を思い出してくれると信じている。だから、私を絶対思い出してくれ。愛していると囁いてくれ」

『イルファーン……』

目を瞑れば、楽しそうに笑って名前を呼んでくれる玲の姿が浮かんだ。

オックスフォード大学の課外活動でストーンヘンジへ行った時だった。日本人の留学生がなぜか気になって仕方がなかった。

思えばあの時から恋に落ちていたのだ。

彼の一挙一動が気になり、そしていつも目で追っていた。恋などしたことがなかったイルファーンは、最初はそれがどういう意味なのかわからず、玲に戸惑うばかりの日々だったのを覚えている。

だが彼と一緒に行動しているうちに、恋を自覚し、そして玲を愛するようになった。

もちろん身分差のために周囲は玲と引き離そうと画策してきた。特に第二王子という立場で、病弱な第一王子に何かあった場合のスペアとして扱われていたため、簡単に結婚相手を決められなかったのだ。

身分だけでなく日本人であることも障害となり、イルファーンの恋は実りそうもなかった。だが、二年生になる前に運命の扉が開かれる。

一年の終わりの頃だった。すでにアルファに覚醒していたイルファーンは、まだ覚醒前の玲からオメガの香りを嗅ぎ取ったのだ。そんなことができるのは、運命のつがい以外あり得ない。

運命のつがい――――。

一生に一度出会えるかどうかの運命の伴侶。

イルファーンは玲を危険な目に遭わせないために、二年生になる前から少しずつ周囲を固め始めていた。親友という立場を利用して、今まで以上に、彼の傍に自然にいるようにしたのだ。

だが、玲が初めてのフラットメイトを探す際は、彼が寮を出ると思っていなかったのもあって、屋敷の手配が間に合わず、玲を他の人間と住まわせることになってしまった。

これについては、相手が玲にとって無害の人間だったのが不幸中の幸いであった。フラットメイトに恋人ができたのだ。そのため玲は半年ほどでまた引っ越すことになった。

しかしこの時もまだイルファーンは屋敷を探している最中で、己の立場を呪うことになる。王子という立場でなければ、仰々しい屋敷など必要がなかったからだ。

内心焦りながらも、オックスフォード内で物件を探している中、最近家主が亡くなり、親族が手放そうとしていた屋敷をついに押さえることができた。そうしてやっと玲を誘い入れ、さらに彼が気を遣わないよう賃貸料程度の仕事ができるよう手配し、彼を匿《かくま》うことに成功した。

こうも執着したのは、やはり自分のつがいを守りたいという思いと、誰にも玲に触れさせたくなかったからだろう。

後でこのことを玲に正直に話したら、少し引かれ、呆れられてしまったが、最後には笑って許してくれた。

『君、どれだけ僕のことが好きなんだ。はぁ……ほんと、もう恥ずかしい。もうそういうのは僕だけにしろよ。そうでないと……許さないぞ』

そう言いながら顔を真っ赤にして呟く玲はとてつもなく可愛かった。

『玲、愛しているよ――』

『僕もだ、イルファーン、愛している。どんな困難があっても、僕は君と前へ進むよ』

玲――!

どんな困難があっても、前へ進むと言ってくれたお前を、私は信じる。だから、私を忘れないでくれ――。

Ⅶ

「玲、大丈夫か！」

イルファーンに抱き締められながら、玲は自分の記憶を取り戻す。

そうだった。イルファーンと出会ったのは一年ぶりなんかではない。ずっと一緒だった。

そして一か月前、日本へ一緒に戻ってきて、事件に遭ったんだ――。

「イルファーン……」

「玲、どこか、痛み始めたか？」

彼が必死に怪我をしていないか玲の躰をチェックしてくれる。そんな彼の姿が涙でぼやけた。狂おしいほどの愛しさが胸に込み上げてどうしようもない。話したいことがいっぱいあるのに、震えて声が出なかった。

「……っ」

「どうした？」

彼が心配そうに覗き込んでくる。その瞬間、玲が一番伝えたかった言葉が零れ落ちた。

「愛している……ずっと愛している。僕の中は君への愛で埋まっていたのに、それを見つけることができなくなっていて、ごめん……ごめん、イルファーン」

玲の言葉にイルファーンの動きが止まる。そしてみるみるうちにその美しい瞳を大きく見開いた。

「玲……まさか、思い出したのか？　私のことを思い出してくれたのかっ？」

イルファーンから震えるような声が絞り出された。玲はゆっくりと首を縦に振る。するとイルファーンが堪らないという様子で、背中がしなるほどきつく抱き締めてきた。

「玲っ……」

玲の首筋に彼の顔が埋められる。吐息だけで彼が泣いていることがわかった。

「お前が……お前が私のことを忘れてしまったと知った時は……もうこの世の終わりだと思った。だがお前が生きている限り、そんなことはないと自分に言い聞かせて、ここまで耐えてきた――」

「イルファーン、君のことを忘れてしまって、ごめんっ……」

玲もまたイルファーンの背中を抱き締めた。

まるで硬い蕾の花びらが開くかのように、自分の奥で眠っていた記憶が蘇《よみがえ》る。

玲はここ一年分の、イルファーンとの記憶を忘れていた。そのため一か月前に日本で一緒にいたというのに、一年ぶりに彼と再会したと思い込んでしまったのだ。

それ以前の記憶は、イルファーン自身のことについては覚えていたものの、彼に対する愛情だけは綺麗に消え去っていた。

例えば大学時代のイルファーンと出会ってから恋に落ち、幾度となくすれ違いがあり、そのせいで悲しんだり喜んだりしたこと。そしてようやく卒業間近にお互いの気持ちを確かめ合って正式につき合い、一年前、婚約をしたことも忘れてしまっている。

自白剤を飲まされた時、強くイルファーンを忘れたいと願ったからだろうか。自己暗示が働いてしまったのかもしれない。

僕がイルファーンの婚約者だった――。

その事実に安堵し、そして感謝した。

あんなにやきもきし、イルファーンの見知らぬ婚約者に嫉妬して、挙句の果てには自分の弟、翔太かもしれないと思い、諦めようとした。

大学時代にイルファーンのことを、どうしてなんとも思わなかったのかと、何度自分を責めたことだろうか。

だが、記憶がなくなったからこそ気づいたこともある。イルファーンの婚約者に対する細やかな配慮が至るところにちりばめられ、いかに彼に愛されていたかを、玲は第三者の立場になったことで改めて知ることができた。

「イルファーン……どうして僕が記憶喪失だって教えてくれなかったんだ?」

「私への感情を忘れていることで心のバランスを保っていると言われていたんだ。お前が自然と思い出すまで待っていた」

「そんな……。一生思い出さなかったらどうするんだ？」

「もう一度私に惚れさせるだけだ。私はお前がいなければ死んでしまうからな。必死で口説くつもりだった」

「イルファーン……っ」

大勢の人が注目している中で、イルファーンがキスをしてきた。先ほどとは違う種類のざわめきがホール全体に響く。

「君……いくらなんでもこんな大勢の前で……」

「観客は多いほどいい。玲が私のものだと多くの者に知らしめることができるからな」

「こんなことをしている場合じゃないだろう。ったく、僕の記憶が戻ったことで、一つはっきりしたことがある」

「なんだ？」

「まじない師はサージャだ。彼の素顔を見た僕が言うんだから間違いない」

「なるほど、素顔を見られたから玲を狙ったのか。砂漠で攻撃してきた時もおかしいなとは思っていたんだ。このタイミングで騒動を起こしたら逆に悪目立ちして、自分たちの不利益になるだろうに、それでも玲を殺そうとしてきた。素顔を見られていたから、殺さなければならなかったのか……」

イルファーンはそう言うと、かつらを取り去り、コンタクトを外した。そしてＳＰらに捕らえられているサージャに視線を移す。

「貴様が間抜けで感謝するよ、サージャ」

イルファーンが口許に笑みを浮かべてゆらりと動いたかと思うと、その腰から短剣、ジャンビーヤを目にも止まらぬ速さで抜き、その剣をＳＰたちに床に押さえつけられているサージャの顔のすぐ傍に突き立てた。

「ひぃっ！」

「やっと貴様の顔が見えたな。インチキまじない師め」

イルファーンは屈《かが》んでサージャの顎を指で摑んだ。

「我が婚約者の命を幾度も狙った罪は重いぞ、サージャ。その身で償うがいい」

「なんの話かわかりませんな、殿下。襲われそうになったから身を守っただけです。私は商人ですよ。まじない師とは、一体なんの話ですか？　初めてお目にかかるというのに、この対応、あまりにも酷いものではありませんか」

サージャはしらを切った。イルファーンの双眸が冷たく細められる。

「ほう……。この期に及んで、まだ知らないと申すか。貴様の面は割れているぞ、サージャ。諦めろ。もう逃げる術《すべ》はない」

するとサージャが強い口調で言い返してきた。

「神が私を見捨てるはずはない！　殿下こそ神をも恐れぬ蛮行を悔いるべきです。私を捕らえるなどと、神の鉄槌《てっつい》が落ちるでしょう。せっかく私のこの力で、この王国の国王になれたかもしれぬのに、莫迦なことをしたものですな！」

「どちらが莫迦なことをしたのだろうな。貴様は神の声が聞けるという禁忌でもある嘘を吐き続けた。万が一、私の手から逃れることができたとしても、多くの派閥が神を冒瀆《ぼうとく》したと、お前の命を狙ってくるだろう。覚えておくがいい。お前にはもう逃げる場所がないのだ。どこまで逃げても敵は追ってくるぞ」

「っ……」

「連れていけ」

「はっ」

イルファーンの声にSPらはサージャを引きずって出ていった。イルファーンはそれを見届けると、今度はターヒルに視線を向けた。

「ターヒル殿、絶滅危惧種の違法取り引きについてはもちろん、サージャのことも貴方がどこまで知っていたのか、取り調べをさせてもらう。相手が犯罪者だと知って、取り引きをしていたのなら、それは重大な犯罪となる。覚えておくがいい」

「で、殿下、わたくしはまったく相手のことは知りませんでした。どうかご慈悲を」

「それを決めるのは法だ。ターヒル殿をお連れしろ」

兵士の一人に声をかけると、先ほどのサージャとは違って丁重にターヒルを連れていった。

「しばらくは王国が騒がしくなるな……」

イルファーンはそう言うと、玲の手をしっかり握ったのだった。

Ⅷ

王宮は慌ただしく戻ってきたイルファーンと玲の姿を見て騒然とした。従者に頼むことなく、イルファーン自身が玲を横抱きして回廊を足早に移動していたからだ。

「殿下、婚約者様はわたくしが運ばせていただきます」

従者の一人がそう申し出るが、それをそっけなく断る。

「大丈夫だ」

「殿下」

「殿下」

従者だけでなく王宮の使用人らもイルファーンと代わろうとするが、イルファーンはそれらを無視して王宮の奥にある離宮へと辿《たど》り着くと、イルファーンは一度だけ背後に控えていた側近のルファドに振り返った。

「玲の部屋へ行く。呼ぶまでいかなる時でも声をかけるな」

「かしこまりました」

ルファドは軽く頭《こうべ》を垂れるとその場を辞した。イルファーンの近衛隊長であり、今は玲の護衛を担当しているラシードは、そのままイルファーンに追従し、玲の部屋の扉の前で留まる。

玲はイルファーンに抱き上げられたまま部屋へと入る。

豪華な部屋だった。イルファーンが玲のために一つ一つ吟味してコーディネイトをしてくれたのを思い出す。

結婚するまでの部屋ではあったが、イルファーンが、二人が暮らしたイギリスの屋敷のような部屋にしようと提案し、玲が一番拘っているバスルームもきちんとしないとな、と笑いながらバスタブも手配してくれたのだ。本当に大切で幸せな日々が詰まった部屋でもある。

どうして、こんなに大切なことを忘れたままでいられたんだろう……。

本当に大切な二人の思い出を、たとえ薬に抵抗しようとして自己暗示をかけてしまったとはいえ、忘れてしまったことに胸が痛くて仕方がなかった。

「何度君に謝っても謝りきれないけど……改めて言わせてほしい。イルファーン……ごめん。本当にごめん、君を忘れてしまって」

彼の首に手を回して、きゅっと抱きつく。彼の逞《たくま》しい腕は玲を抱き上げたままだった。

「いいんだ。元はと言えば、私のトラブルに玲を巻き込んでしまったのだから、謝るのは私のほうだ。許してくれ、玲」

玲は首を横に振った。玲がイルファーンと結婚しようとしなければ、聖団から狙われることはなかったのだ。

カシュラム王国の国王王妃両陛下と国民は、優秀な第二王子に大きな期待を抱いていた。そこに日本人の玲がいきなり妃候補として現れたのは、誰もが認めたくなかったことだろう。

玲もイルファーンのことを思って何度も身を引こうとした。イルファーンに、家族と喧嘩別れすることだけはさせたくないと強く思っていたからだ。ただ、それでもイルファーンと別れることが辛くて仕方がなかった。

結局、彼が差し伸べてくれた手を玲は取ってしまった。

彼が、玲が悲しまないように大切な家族と決裂することなく、説得してくれたからだ。第一王子のマリクが手助けしてくれたのも大きい。そうやって皆が玲を受け入れてくれて、二人で生きていく道を切り開いたのだ。

簡単な道のりではなかった。一つ一つ周囲の人間の助けもあって積み重ねていった幸せだった。

この幸せは自分たちだけの力で得たものではない。だからこそ、幸せになって恩返しをしたいと思っている。

「愛している、玲。何度も告げても言い足りないほどだ」

玲はイルファーンの首筋から顔を上げて、彼の瞳を見つめた。美しい黒い瞳には幸せそうな表情をした自分がいる。

「僕もだよ、イルファーン。君のことを二度も好きになってしまった」

「二度？」

「ああ、君に婚約者がいるって聞いて、どんなに胸が痛くなったか。自分は今まで君に告白をせずに、何をしていたんだろうって、悔いる毎日だった」

「あんなに澄ました顔をしていたのに、私に恋をしていてくれたのかい？」

「どうやら君は僕のタイプらしい。どんなに記憶がなくなっても、君を求めずにはいられない」

「嬉しいことを言ってくれる。私は玲にすでにめろめろなのに、これ以上虜《とりこ》にしてどうするつもりだ？　責任は取ってくれるんだろうな？」

イルファーンがベッドを無視してバスルームへと向かいながら話してきた。

「もちろんだ。僕以外に君の責任をとらせたら、嫌だからな」

「ああ、お前だけだ。お前以外に私を任せる気はない」

バスルームに入った途端、イルファーンは玲を床に下ろすと、乱暴にシャワーのコックを捻った。

「うわっ……」

二人とも服を着たままずぶ濡れになる。

「君、余裕がなさすぎじゃないのか？」

玲は慌ててシャワーを止める。

「ないに決まっているだろうが。お前が突然発情した日以外、お前に触れられなかったんだからな。ひどいお預け状態だった」

「はは……。僕もあの時、君の婚約者に対して罪悪感があったから、君を充分に感じることができなかった。今日は素直に愛し合うことができるな」

指でイルファーンの黒い髪をかき上げてやる。彼の秀でた額が露わになった。自然とそこに唇を寄せる。

「挑発するな、玲」

「したくもなるよ。僕も君に触れたくて仕方がないんだ」

シャワーヘッドから水が滴り落ち、ぴちゃりぴちゃりという音がバスルームに響く。玲はイルファーンと濡れた服を脱がし合い、お互いすぐに一糸纏わぬ姿になった。

壁一面のガラス張りの窓から降り注ぐ陽の光に照らされた中、二人で見つめ合う。

「玲とこうやって一緒にいられることは決して普通のことではない。奇跡だ……」

イルファーンが玲の両頬を包み込むように手を添えた。その手に玲は自分の頬を無防備に預ける。

すべてを曝《さら》け出してもかまわない相手。それはとても貴重な存在――。

イルファーンの顔がすぐ目の前にあった。それは今までのことを考えると、彼が言うように奇跡の積み重ねだ。

彼の双眸が細められたかと思うと、ゆっくりと味わうように、彼の唇が玲の唇に重なった。

愛している――。

イルファーンが唇の動きだけで愛を伝え、そのまま玲の下唇を甘噛みした。彼から与えられた刺激に玲の劣情が甘く疼く。我慢できずに反応した下半身を、はしたなくもイルファーンに擦りつけると、彼の唇が深く笑みを刻んだ。そしてそのまま唇を玲から離し、舌でぺろりと今まで噛んでいた下唇を舐めた。ジンと玲の下半身が震える。

「以前もちらりと言ったと思うけど、記憶を失っていた時、もしかして翔太が君の婚約者ではないかって疑ったことがあった」

「そういえば言っていたな。だが、どうしてそんなことを？　ああ、なるほど、たとえ記憶喪失中だといっても、私の玲への愛がまだ充分伝わっていなかったということだな。これからはそうならないよう、もっと愛を注ぐことにしよう。覚悟をしておけ」

イルファーンはそう言いながら、玲の顔じゅうにキスの雨を降らせる。玲はそれが擽《くすぐ》ったくって顔を反らした。

「ふふっ、莫迦なことを言うなよ。まあ、上手く言えないけど、翔太が君に対してギクシャクしているのに、君は僕が記憶を失くす前よりも翔太を気にしているようだったから、二人の間に何かがあったかなって思ったんだ。違うか？」

記憶がなかった頃は、その関係が喧嘩別れした恋人同士に思えてしまったのだ。

「ああ……翔太に結構叱られたからな。それが正当すぎて反論もできないほどだったんだ。翔太に対しても罪悪感があったから、気にしていたんだ。よく気づいたな」

「恋する人間の勘は鋭いと相場が決まっているんだよ」

玲は自分の顔じゅうに唇を寄せるイルファーンの鼻先に、ちゅっと音を立ててキスをした。玲の行動に驚いた顔をして、イルファーンの動きが一瞬だけ止まる。そしてすぐにまたキスをしだした。

「玲、今回のことで、何事も絶対ということはないと思い知らされた。私はお前を絶対に守ると約束したいが、できない。またお前を危険に晒すことがあるかもしれない。それがわかっていても、お前を手放すことができないんだ。こんな我儘な男でもお前は愛してくれるだろうか？」

「それを我儘と言うのなら、もっと我儘でいてほしい。僕を絶対に放さないと誓ってほしい。逆に僕は君の隣にいるために、もっと努力するつもりだよ。手始めにまずは護身術から習うかな。君に迷惑はかけたくないから」

「玲……ありがとう……」

イルファーンは心底安堵したように声で囁くと、縋るように玲の背中をかき抱く。素肌がぴったりと重なり、しっとりとした感触が玲を幸福へと導いた。

「礼を言うのは僕のほうだ。記憶を失った僕を諦めずに愛してくれて、ありがとう――」

玲は強くイルファーンを抱き返す。

「玲、バスタブにお湯を溜めるまでの時間で、お前の躰を綺麗に洗ってやろう」

イルファーンが玲から離れると、バスタブにお湯を溜め始める。玲は真っ裸で壁に寄りかかったまま、イルファーンが湯を入れるのを見ていた。これではどちらが王子かわかったものではない。

「日本のものより、湯を溜めるのに少し時間がかかるのがネックかな」

「もう少し改良したほうがよさそうだ。我が愛しのつがい様はバスタイムには少々煩いからな」

「その通り。よろしく頼むよ、ダーリン」

「了解だ、マイボス」

冗談でそんなことを言いながら、イルファーンはスポンジを手に取ると手早くボディソープを泡立てた。

「自分で洗うよ、イルファーン」

「お前を甘やかすのは私の特権だろう？」

イルファーンは手慣れた様子で玲の躰をスポンジで洗い出した。玲の首筋、鎖骨、そして胸をもこもこの泡で包まれたスポンジでなぞる。すぐに玲の躰は泡まみれになる。

「泡の中で乳首が勃《た》っているのがよく見えるな」

「変態」

「玲の乳首が見られるなら変態と言われてもやぶさかではないな」

何度も何度もスポンジで胸を擦られる。やがて玲の乳頭はピンク色にぷっくりと腫れて、白い泡の中で存在を主張してきた。

「もっと綺麗に見せないとな」

そんなことを言いながらイルファーンがシャワーのコックを捻る。すぐにお湯が二人の頭上から降り注いだ。みるみるうちに玲の躰を覆っていた泡が流れ去っていった。

「舌で綺麗に舐め取ってしまおうか」

「え？」

玲の反応が遅れたのをいいことに、イルファーンが少し屈んだかと思うと、玲の乳首に唇を寄せた。途端、痕がつくほどきつく吸われ、声が出てしまった。

「あぁっ……」

だがイルファーンの容赦ない攻め手は収まらず、そのまま乳首を舌の上で転がすように舐められた。

「あぁ……んっ……イル……ファ……ン……っ」

ぞくぞくとした痺れが玲の劣情から駆け上がってくる。記憶を失っていた頃、突然の発情でイルファーンと肌を重ねたが、その比ではなかった。ただ舐められただけなのに、全身から愛の蜜が溢れ出すようだ。狂おしいほどの熱情が玲を幸福にした。

これがオメガの性《さが》なのだと痛感する。

イルファーンが、一生に一度出会えるかどうかの『運命のつがい』だから、玲の躰が彼を渇望するのだ。他の人間には絶対働くことのない本能——。

下腹部にじわりとした熱が集まる。つがいを受け入れようと、玲の躰が変化していくのがわかった。

乳頭を何度も強く吸われる。乳首に気を取られているうちに、イルファーンの指先が玲の双丘の狭間に滑り込んでいた。イルファーンにしか許したことがない硬い蕾が、今再び花開こうとしている。

「あっ……」

軽くノックされただけで、躰が快感に打ち震える。彼が吐息だけで笑った。

「愛しくて……愛しすぎて、頭がどうにかなりそうだ、玲──」

「イルファーン……早く……っ……」

玲の声にイルファーンは形のよい唇で笑みを浮かべ、そして緩んだ蕾に指をするりと忍ばせた。

「ふっ……」

玲は躰の奥から込み上げてくる快感に膝から力が抜け落ち、壁伝いにずり落ちそうになる。それをイルファーンが支えてくれた。

「足に力が入らないか……このままでは辛いな。そろそろ湯も入ったからバスタブへ行こう」

イルファーンがそう言うや否や、玲をひょいと抱き上げる。ふわりと彼のコロンの香りが玲の鼻先を擽り、一段と幸福感が満ちた。

イルファーンの傍にいられる。それだけで幸せだ──。

そのままイルファーンは玲を抱いたままバスタブへと身を沈める。まだいっぱいまで湯が入っていなかったこともあり、水面は揺れただけでバスタブから零れ落ちたりはしない。そのまま彼と向かい合うようにして膝の上に座らされ、玲の肉欲が彼の下腹に触れた。

「イルファーン、コンドーム……忘れた」

「取ってくるか?」

彼が腰を少し浮かそうとしたので、玲は慌てて止める。

「なしでいい。我慢できないから……。その、君相手なら生でも……いい」

「フッ、驚くほど官能的なお誘いだな。私もお前のテクニックを見習わないといけないかな？」

彼の暑い吐息が玲の鼓膜を震わせる。

「君はそのままで充分だ」

そう答えると、イルファーンは玲の腰を摑み、蕾に己自身を押し当てた。

「あ……」

じんと疼くような痺れが玲を襲う。

「挿れるぞ？」

「早く……」

玲が催促するとイルファーンの双眸が細められる。獰猛《どうもう》な獣に狙われたような気がして、ぞくりとする。

「腰をゆっくり下ろすんだ、玲」

「んっ……」

玲はイルファーンを感じたくて、ゆっくりと彼の上に腰を下ろした。

「んっ……あぅ……」

火傷《やけど》しそうなほど滾《たぎ》った彼の屹立が、玲の隘路をじわりじわりと進んでくる。玲は加減を見ながら、自身の体重でイルファーンを呑み込んでいった。だがイルファーンは眉間に皺を寄せながら口を開く。

「玲、早くと言いながら、お前は焦《じ》らし上手だな。もう降参だ。お前を貪らせてくれ」

「え？　あぁっ……」

いきなり鷲摑みにされ、突き挿れられる。

「あぁぁっ……ふ……」

先日抱かれた時よりもさらに奥へとイルファーンの楔が打ち込まれた。

「性急ですまない。お前を目の前にすると、相変わらず私は紳士失格だな」

赤ん坊をあやすかのように、玲の躰をゆすりながら背中を優しく撫でてくれる。揺すられるたびに玲の狭い蜜路が刺激され、快楽が玲の背筋を駆け上がった。

「あ……揺らす……なっ……んんっ……」

玲は喉を仰け反らすが、イルファーンがその喉に唇を寄せた。噛み切られそうな感覚に恐怖なのか快感なのかわからない痺れを覚える。

イルファーンはそのまま唇を鎖骨へと滑らせ、そして乳頭へと舌を絡ませた。

「ふっ……」

イルファーンは舌先で、玲の乳首を舐め上げた。何度も何度も舐めるうちに乳首が赤く腫れ、主張し始める。尖《とが》った乳頭に彼が歯を立て軽く引っ張る。途端、凄絶な愉悦が玲を襲った。

「あぁぁぁぁっ……」

もう片方の乳首も指で抓《つね》られる。下肢をイルファーンに貫かれているため逃げることもできず、彼から与えられる快楽をただただ受け入れるだけだった。

「ん……ふ……あぁ……ぇ……」

薄く敏感な肌の下では、荒れ狂う喜悦が玲の理性を呑み込もうと渦を巻いているようだ。思わず蜜路に咥え込むイルファーンをきつく締めつけてしまった。

「っ……堪らないな。すぐに持っていかれそうだ」

そう言いながらもイルファーンは玲の乳首を弄るのをやめなかった。指の腹でぐりぐりと捏《こ》ねたり、指先でくいっと乳頭を押し込んだりしてくる。悪戯《いたずら》をされるたびにゾクゾクッとした淫らな疼痛《とうつう》が玲の脳天を突き抜けた。

「あぅ……あぁぁ……っ……」

ひとしきりイルファーンが玲の乳首を弄ると、今度は玲の腰を摑んで上下に動かした。

「あっ……ん……」

そしていきなり玲の腰を持ち上げ、己の欲望をズルリと引き抜いた。玲が、え？　と思っている隙に、すぐに最奥まで一気に楔を穿たれる。

「あぁぁぁぁぁあああ……」

あまりの刺激に玲は吐精してしまった。白い蜜が彼の胸まで飛び散る。脱力し、そのままイルファーンの胸に躰を預けた。

「玲、可愛いよ。しかし風呂は便利だな。すぐに躰を清められる。何度続けて達っても大丈夫ということか」

「え……」

何か恐ろしい呟きを耳にしたような気がする。

「玲、まずは私を何回達かせられるか、挑戦してみないか？」

艶のある声で囁かれる。

「な……君は遅漏じゃないか、そんなの何度もできるわけ……あぁっ……」

いきなり腰を動かされる。目の前でちかちかとした光が飛び散ったのは気のせいではない。絶対に。

「玲――」

イルファーンのしっとりと濡れた声を耳にし、玲は眩暈がしそうだった。だが自分の昂りも認めざるを得ない。もっともっとイルファーンが欲しいのだ。

玲は快感であまり回らない頭を必死に動かして、自分でぎりぎり対応できる回数を導き出した。

「さ……三回までなら」

「プッ、三回もいいのかい？」

イルファーンが噴き出す。どうやら冗談だったのを、玲が真剣に答えてしまったようだ。

だがそれは墓穴を掘ったとも言えた。

「じゃあ、三回を目標にするけど、越せたら越してみようか」

「む……無理っ……」

「玲はいつもそう言うけど、結局は私につき合って頑張ってくれるよな」

「それは君がっ……あっ……」

バスタブのお湯が激しく揺れる。零れるほどの湯の量ではなかったはずなのに、イルファーンの動きのせいで大量に湯が零れ落ちる。

「あっ……あ、あ……っ……」

何度も下から突き上げられ、玲は彼の膝の上で官能的なダンスを踊るしかなかった。

「愛している、玲……」

「僕も……イルファ……ンっ……あぁぁ……」

何度も擦り上げられ、玲がもう一度吐精すると、ほぼ同時に生暖かい飛沫が玲の中で弾けた。イルファーンが達ったのだ。そのままぎゅうっと抱き締められ、逃げられないように胸の中に閉じ込められた。そして彼の蜜を大量に躰に注がれる。

「あああっ……漏れる……っ……」

重力に従って、イルファーンと繋《つな》がっている部分から、彼の精液が零れ落ちるような感覚がする。だが風呂に入っているため、本当に零れ落ちているのかわからなかった。

「んっ……」

「まだだ。まだ足りない、玲――」

「あ……っ……」

「玲、君を知ってしまったら、もう手の届く場所にお前がいないことに堪えられそうもない」

「僕、も……っ……君がいないと……だめ……みたい……だっ……っあ……」

明るい陽の光に照らされたバスルームでは、リズミカルな水音と共に甘い声がいつまでも響いていた。

エピローグ

玲はイルファーンと二人で、第一王子、マリク・ビン・サハド・カリファムの控室へと来ていた。

今から行われる立太子式で、マリクはいよいよ王太子として認められることになる。

「兄上、このたびはおめでとうございます」

イルファーンの声に、マリクは優しく笑みを浮かべた。

「イルファーン、玲」

マリクは目配せで使用人を下がらせると、二人に椅子を勧める。イルファーンと玲は勧められるがまま、テーブルを挟んでマリクの正面に座った。

「いよいよ王太子ですね、兄上」

「まだ実感が湧かないな」

マリクが苦笑した。

「時間が経てば、ゆっくりと実感できるでしょう」

「ああ、そうだといいな」

そう言って、二人が見つめ合う。玲には、これからも二人で頑張っていこうと言っているように見えた。

「それから兄上、玲の弟をもてなしてくださっているとか、ありがとうございます。お手数をおかけいたします」

実は事件が起きた後も、弟の翔太は玲と一緒にいたがり、イルファーンが少し辟易《へきえき》していたのだ。玲としてもせっかく記憶が戻ってイルファーンと甘い生活をしたかったので、どうしたものかと悩んでいた。

するとマリクが、翔太を自分の宮殿に客人として招待しようと提案してきたのだ。

もちろん公務や立太子式の準備に忙しいので、マリクが実際に何かをすることは少ないと思われるが、それでも未来の国王に心を砕いてもらうというのは破格の扱いだった。

「大したことはない。お前の婚約者殿の弟君だ。もてなすのは当たり前だ。それにお前には借りがある。お前の幸せに繋がることは、積極的に協力したいと思っているよ」

「ありがとうございます、兄上」

玲もイルファーンの隣で恐縮しきりだ。

玲は、王太子になる人に、そんなことをさせられないと断ろうとしていたのだが、マリクは気さくに翔太を受け入れた。翔太も緊張しながらも、毎日、楽しく過ごしているようだ。

だが時々『玲に会いたいのに、予定がいっぱい詰まっていて、なかなか顔を出せない。また近いうちに行くよ』というヘルプに近いメールが送られてくるが、笑顔で『楽しそうでよかったな』と返信しておくのにとどめている。

イルファーン曰く、マリクがイルファーンと玲が二人きりになれるよう気を遣って、翔太のスケジュールを楽しいことで埋めてくれているとのことだった。やはり玲が思った通り、弟のイルファーンと同様、策士の一面があるようだ。

「イルファーン、これからも私を支えてくれ。そして病弱な私に万が一のことがあった時は、お前がこの国の王になれ。それまでには、国王の妃は一人だけでもかまわないという法律を私が作っておこう」

「兄上、お心遣いありがとうございます。ですが、兄上には長生きをしていただかないと困ります。私が玲といちゃいちゃする時間が減ってしまいますからね」

「まったくお前は……」

マリクが呆れたような口調で言うが、その表情は愛情溢れるものだった。

傍から二人のやり取りを見ていた玲は、イルファーンとマリクの信頼関係が壊れずに済んだことを心から感謝した。

王位争いに巻き込まれそうになったが、イルファーンは玲を娶ることで、王位簒奪の意志がないことを示した。いや、そうなるようにイルファーンが世論を操作したのだ。そういうことにしておけば、玲と結婚することが第一王子派の人間からも許されるからだ。そして玲もその策に乗った。身分違いの恋ではあったが、玲が王国の争いごとを制する存在であれば、政敵からもイルファーンを守ることもできると思ったからだ。

「では、兄上、そろそろ時間です。私たちはモスクで兄上をお待ちしております。素晴らしい一日でありますように」

「ああ、ありがとう、イルファーン」

二人の兄弟はまた笑顔で語り合える日々に戻れたのだった。


モスクの中でコーランが響き渡る。大勢の家臣が床に膝をついて頭を下げる中、一段高くなった場所に国王と王妃、そしてやはり膝をついて頭を下げたマリク第一王子がいた。

「皆の者、頭を上げよ」

国王の声にそこにいた者、全員が音もなく頭を上げる。その中にはイルファーンと玲もいた。

「マリク、頭を下げよ」

マリクだけがもう一度、頭を下げる。すると国王の杖《つえ》がマリクの肩に乗せられた。マリクは一段と深く頭を垂れる。

「マリクよ、民を尊び、アッラーの教えに背くことなかれ。驕《おご》ることなく誠実で謙虚であれ。弱き者への敬意と自愛を忘れずに手を差し伸べ共生せよ。王たるべき責務を果たすことこそ楽園の道に近づくものなり」

「神の御心《みこころ》のままに」

「ここにマリク第一王子が王太子になることを宣誓する」

「おぉぉ！」

国王の声と共に、皆の歓声が湧き起こった。玲もイルファーンと顔を見合わせ笑い合う。すると彼がそっと玲の耳許で囁いてきた。

「今度は私たちがあの場所に立って、国王陛下に伴侶であることを承認してもらう」

「イルファーン」

玲はちらりと隣にいる彼を見上げる。

「事件があって結婚式が遅れてしまったが、改めて玲に乞うよ。私と結婚してくれるかい？」

彼の言葉に玲は自然と満面の笑みを浮かべた。

「当たり前だよ。君こそ僕と結婚してくれる？」

その言葉にイルファーンが口許を緩めた。

「やっとお前のうなじに歯を立てることができるんだな」

「ふふ。忘れずにちゃんとうなじを噛んでくれよ」

「当然だ。お前が私の唯一の『つがい』である証《あかし》をお前の躰に刻まないわけがない。今まで我慢していた私を誉めてほしいくらいだ」

彼がぎゅっと玲の手を握ってくる。手のひらから伝わってくる温かみに、玲は胸がいっぱいになった。幸せとはこうやってすぐ傍にあるものなのだ。

「やっと本当に君とつがいになるんだな。どこか夢みたいだ」

「ああ、長かったな。だがこれからはずっと一緒だ。一緒に未来を歩こう、玲」

イルファーンはそう言うと、皆がいるというのに、玲に長いキスをしたのだった。

いつまでも、いつまでも——。

あとがき

こんにちは、または初めまして、ゆりの菜櫻です。

今回はアラブの王子と大学の同級生のオメガバースものです。相変わらず好きなものを詰め込んでおります。

イラストを描いてくださったのは蓮川愛先生です。先生に描いていただけると決まった時、あまりの僥倖に、うおぉぉぉっと挙動不審になった私です。そして取り乱した心を、なんとか落ち着かせ、先生の絵でぜひ見たい世界観を妄想しました。

ええ、アラブです。蓮川先生の絵で褐色ハンサム王子が見たい！　もう本当に誰得？　私得じゃ～の作品です。私と性癖が同じの皆様、カモンです（笑）。

蓮川先生、本当に麗しい絵をありがとうございました。宝物です。

そして担当様、いつも気づかないミスや、考えが足りない箇所など指摘してくださり、本当にありがとうございます。毎回、そうだ！　と気づかせていただいています。

さてここからは本編のネタバレなので、ネタバレ嫌いな方は回避してくださいね。

たぶんはじめから玲が記憶喪失であることに気がついていた方もいらっしゃるかと思いますが、私も意識して序盤から少しずつネタバレしつつ、書いていました。その塩梅が難しくて、書きながら唸ったり。

読み終わってから、また最初から読み返していただくと、玲と再会した際のイルファーンの葛藤や、言葉を詰まらせたときの感情とか、嘘をついている様子など、違った一面が見えてくるかと思います。

あ、民族衣装の胸ポケット、コンドームを入れていたら透けるんじゃないかと思いながら書いた私ですが、BL界ではアラブの民族衣装のポケットは白でも透けないことに思い当たりました。はい、蛍光色のコンドームであろうが透けません。大丈夫です。BL界の技術革新は凄いです（笑）。

ここまで読んでくださった皆様、ありがとうございました。どうか少しでも楽しんでいただけることを祈っております。また感想などお聞かせいただけると嬉しいです。

ゆりの菜櫻先生、蓮川愛先生へのお便り、
本作品に関するご意見、ご感想などは
〒101-8405
東京都千代田区神田三崎町2-18-11
二見書房　シャレード文庫
「灼陽のアルファと消えた花嫁」係まで。

本作品は書き下ろしです

CHARADE BUNKO

灼陽《しゃくよう》のアルファと消《き》えた花嫁《はなよめ》

2023年1月20日　初版発行

【著者】ゆりの菜櫻《なお》

【発行所】株式会社二見書房
東京都千代田区神田三崎町2-18-11
電話　03(3515)2311[営業]
　　　03(3515)2314[編集]
振替　00170-4-2639
【印刷】株式会社 堀内印刷所
【製本】株式会社 村上製本所

落丁・乱丁本はお取り替えいたします。
定価は、カバーに表示してあります。

ISBN978-4-576-23006-1

https://charade.futami.co.jp/